Hugo von Hofmannsthal

Die Gedichte 1891–1898

Hugo von Hofmannsthal: Die Gedichte 1891–1898.

Entstanden 1888. Erstdruck aus dem Nachlaß in: Jahrbuch des Freien Deutschen Hochstifts, Frankfurt a.M. 1971.

Veröffentlicht von Contumax GmbH & Co. KG
Berlin, 2010
http://www.contumax.de/buch/
Gestaltung und Satz: Contumax GmbH & Co. KG
Druck und Bindung: Books on Demand GmbH, Norderstedt

ISBN 978-3-8430-5602-1

Inhalt

Kleine Blumen ...

Kleine Blumen, kleine Lieder,
Heller Klang und bunte Pracht,
Blumen, die ich nicht gezogen,
Lieder, die ich nicht erdacht: –
Und ich selber hätte nichts,
Dir zu bringen, Dir zu danken,
Sollte heute, heute schweigen?
Ach, was mein war, die Gedanken,
Sind ja längst, schon längst Dein Eigen.

Was ist die Welt?

Was ist die Welt? Ein ewiges Gedicht,
Daraus der Geist der Gottheit strahlt und glüht,
Daraus der Wein der Weisheit schäumt und sprüht,
Daraus der Laut der Liebe zu uns spricht

Und jedes Menschen wechselndes Gemüt,
Ein Strahl ists, der aus dieser Sonne bricht,
Ein Vers, der sich an tausend andre flicht,
Der unbemerkt verhallt, verlischt, verblüht.

Und doch auch eine Welt für sich allein,
Voll süß-geheimer, nievernommner Töne,
Begabt mit eigner, unentweihter Schöne,

Und keines Andern Nachhall, Widerschein.
Und wenn du gar zu lesen drin verstündest,
Ein Buch, das du im Leben nicht ergründest.

Den Pessimisten

Ghasel

Solang uns Liebe lockt mit Lust und Plagen,
Solang Begeistrung wechselt und Verzagen,
Solange wird auf Erden nicht die Zeit,
Die schreckliche, die dichterlose tagen:
Solang in tausend Formen Schönheit blüht,
Schlägt auch ein Herz, zu singen und zu sagen,
Solang das Leid, das ewge, uns umflicht,
Solange werden wirs in Tönen klagen,
Und es erlischt erst dann der letzte Traum,
Wenn er das letzte Herz zu Gott getragen!

Frage

Merkst du denn nicht, wie meine Lippen beben?
Kannst du nicht lesen diese bleichen Züge,
Nicht fühlen, daß mein Lächeln Qual und Lüge,
Wenn meine Blicke forschend dich umschweben?

Sehnst du dich nicht nach einem Hauch von Leben,
Nach einem heißen Arm, dich fortzutragen
Aus diesem Sumpf von öden, leeren Tagen,
Um den die bleichen, irren Lichter weben?

So las ich falsch in deinem Aug, dem tiefen?
Kein heimlich Sehnen sah ich heiß dort funkeln?
Es birgt zu deiner Seele keine Pforte

Dein feuchter Blick? Die Wünsche, die dort schliefen,
Wie stille Rosen in der Flut, der dunkeln,
Sind, wie dein Plaudern: seellos ... Worte, Worte?

»Sunt animae rerum«

Thomas von Aquino

Ein gutes Wort mußt du im Herzen tragen,
Und seinen Wert enthüllt dir *eine* Stunde:
Stets dringt dein Aug nicht nach des Meeres Grunde,
An trüben tiefer als an hellen Tagen.

Zuweilen gibt ein lichter Blick dir Kunde
Von Herzen, die in toten Dingen schlagen,
Und wenn du nur verstehest recht zu fragen,
Erfährst du manches auch aus stummem Munde.

Drum flieh aus deinem Selbst, dem starren, kalten,
Des Weltalls Seele dafür einzutauschen,
Laß dir des Lebens wogende Gewalten,

Genuß und Qualen, durch die Seele rauschen,
Und kannst du eine Melodie erlauschen,
So strebe, ihren Nachhall festzuhalten!

Fronleichnam

Von Glockenschall, von Weihrauchduft umflossen,
Durchwogt die Straßen festliches Gepränge
Und lockt ringsum ein froh bewegt Gedränge
An alle Fenster, – deines bleibt geschlossen.

So hab auch ich der Träume bunte Menge,
Der Seele Inhalt, vor dir ausgegossen:
Du merktests kaum, da schwieg ich scheu-verdrossen,
Und leis verweht der Wind die leisen Klänge.

Nimm dich in acht: ein Tag ist schnell entschwunden,
Und leer und öde liegt die Straße wieder;
Nimm dich in acht: mir ahnt, es kommen Stunden,

Da du ersehnest die verschmähten Lieder:
Heut tönt dir, unbegehrt, vielstimmiger Reigen,
Wenn einst du sein begehrst, wird er dir schweigen.

Für mich ...

Ghasel

Das längst Gewohnte, das alltäglich Gleiche,
Mein Auge adelt mirs zum Zauberreiche:
Es singt der Sturm sein grollend Lied für mich,
Für mich erglüht die Rose, rauscht die Eiche.
Die Sonne spielt auf goldnem Frauenhaar
Für mich – und Mondlicht auf dem stillen Teiche.
Die Seele les ich aus dem stummen Blick,
Und zu mir spricht die Stirn, die schweigend bleiche.
Zum Traume sag ich: »Bleib bei mir, sei wahr!«
Und zu der Wirklichkeit: »Sei Traum, entweiche!«
Das Wort, das Andern Scheidemünze ist,
Mir ists der Bilderquell, der flimmernd reiche.
Was ich erkenne, ist mein Eigentum,
Und lieblich locket, was ich *nicht* erreiche.
Der Rausch ist süß, den Geistertrank entflammt,
Und süß ist die Erschlaffung auch, die weiche.
So tiefe Welten tun sich oft mir auf,
Daß ich drein glanzgeblendet, zögernd schleiche,
Und einen goldnen Reigen schlingt um mich
Das längst Gewohnte, das alltäglich Gleiche.

Siehst du die Stadt?

Siehst du die Stadt, wie sie da drüben ruht,
Sich flüsternd schmieget in das Kleid der Nacht?
Es gießt der Mond der Silberseide Flut
Auf sie herab in zauberischer Pracht.

Der laue Nachtwind weht ihr Atmen her,
So geisterhaft, verlöschend leisen Klang:
Sie weint im Traum, sie atmet tief und schwer,
Sie lispelt, rätselvoll, verlockend bang ...

Die dunkle Stadt, sie schläft im Herzen mein
Mit Glanz und Glut, mit qualvoll bunter Pracht:
Doch schmeichelnd schwebt um dich ihr Widerschein,
Gedämpft zum Flüstern, gleitend durch die Nacht.

Sturmnacht

Die Sturmnacht hat uns vermählt
In Brausen und Toben und Bangen:
Was unsre Seelen sich lange verhehlt,
Da ists uns aufgegangen.

Ich las so tief in deinem Blick
Beim Strahl vom Wetterleuchten:
Ich las darin mein flammend Glück,
In seinem Glanz, dem feuchten.

Es warf der Wind dein duftges Haar
Mir spielend um Stirn und Wangen,
Es flüsterte lockend die Wellenschar
Von heißem tiefem Verlangen.

Die Lippen waren sich so nah,
Ich hielt dich fest umschlungen;
Mein Werben und dein stammelnd Ja,
Die hat der Wind verschlungen ...

Verse, auf eine Banknote geschrieben

Was ihr so Stimmung nennt, das kenn ich nicht
Und schweige still, wenn einer davon spricht.
Kann sein, daß es ein Frühlingswogen gibt,
Wo Vers an Vers und Bild an Bild sich flicht,
Wenns tief im Herzen glüht und schäumt und liebt ...
Mir ward es nie so gut. Wie Schaum zerstiebt

Im Sonnenlicht mir jede Traumgestalt,
Ein dumpfes Beben bleibt von der Gewalt
Der Melodie, die ich im Traum gehört;
Sie selber ist verloren und verhallt,
Der Duft verweht, der Farbenschmelz zerstört,
Und ich vom Suchen matt, enttäuscht, verstört.

Doch manchmal, ohne Wunsch, Gedanke, Ziel,
Im Alltagstreiben, mitten im Gewühl
Der Großstadt, aus dem tausendstimmgen Chor,
Dem wirren Chaos, schlägt es an mein Ohr
Wie Märchenklang, waldduftig, nächtigkühl,
Und Bilder seh ich, nie geahnt zuvor.

Das Nichts, der Klang, der Duft, er wird zum Keim,
Zum Lied, geziert mit flimmernd buntem Reim,
Das ein paar Tage im Gedächtnis glüht ...
Mit einem Strauß am Fenstersims verblüht
In meines Mädchens duftig engem Heim ...
Beim Wein in einem Trinkspruch flüchtig sprüht ...

So faß ich der Begeistrung scheues Pfand
Und halt es fest, zuweilen bunten Tand,
Ein wertlos Spielzeug, manchmal – selten – mehr,
Und schreibs, wo immer, an der Zeitung Rand,
Auf eine leere Seite im Homer,
In einen Brief – (es wiegt ja selten schwer) ...

Ich schrieb auch schon auf eine Gartenbank,
Auf einen Stein am Quell, daraus sie trank,
Auf bunte Schleifen buntre Verse schier,
Auf einer Birke Stamm, weißschimmernd, blank,
Und jüngst auf ein zerknittert Stück Papier
Mit trockner Inschrift, krauser Schnörkelzier:

Ein Fetzen Schuld, vom Staate aufgehäuft,
Wie's tausendfach durch aller Hände läuft,
Dem einen Brot, dem andern Lust verschafft,
Und jenem Wein, drin er den Gram ersäuft;
Gesucht mit jedes erster, letzter Kraft,
Mit List, in Arbeit, Qualen, Leidenschaft.

Und wie von einem Geisterblitz erhellt,
Sah ich ein reich Gedränge, eine Welt.
Kristallklar lag der Menschen Sein vor mir,
Ich sah das Zauberreich, des Pforte fällt
Vor der verfluchten Formel hier,
Des Reichtums grenzlos, üppig Jagdrevier.

Der Bücher dacht ich, tiefer Weisheit schwer,
Entrungen aus des Lebens Qualenmeer,
Der Töne, aus der Sphären Tanz erlauscht,
Der Bilder Farbenglut, Gestaltenheer,
Der Becher Weins, daraus Begeistrung rauscht,
All' für das Zauberblättchen eingetauscht.

Der harten Arbeit untertän'ge Kraft,
Erlogner Liebe Kuß und Leidenschaft,
Die Jubelhymne und des Witzes Pfeil,
Was Kunst und was Natur im Wettkampf schafft,
Feil! alles feil! die Ehre selber feil!
Um einen Schein, geträumter Rechte Teil!

Und meiner Verse Schar, so tändelnd schal,
Auf diesem Freibrief grenzenloser Qual,
Sie schienen mir wie Bildwerk und Gezweig

Auf einer Klinge tödlich blankem Stahl ...

– – – – – – – – – – – – – – – – –

Gülnare

1.

Schimmernd gießt die Ampel Dämmerwogen um dich her,
Leise kommt der Orchideen Duft geflogen um dich her
Aus den bunten, schlanken Vasen; und der Spiegel streut die Strahlen,
Die er, wo der Schimmer hinfällt, aufgesogen, um dich her.
Auf dem Teppich, dir zu Füßen, spielt der Widerschein des Feuers,
Zeichnet tanzend helle Kreise, Flammenbogen um dich her;
Und die Uhr auf dem Kamine, die barocke, zierlich steife,
Tickt die Zeit, die süßverträumte, wohlgewogen um dich her.

2.

Und die Melodie der Farben und der reichen Formen Reigen
Schlingt sich lautlos, schönheittrunken um dein Träumen und dein Schweigen.
Märchenhaft ist deine Schönheit, märchenhaft und fremd und blendend,
Wie die goldnen Arabesken, die sich funkelnd rings verzweigen,
Und sie schwebt auflichten Wolken, erdenfremd und sorglos lächelnd,
Wie die Amoretten, die sich von der Decke niederneigen.
Nur die Liebe fehlt dem Märchen, die das Schönste doch im Märchen:
Laß es mich zu Ende dichten, gib dich, Märchen, mir zu eigen.

Gedankenspuk

»Könnten wir die Historie loswerden«

Friedrich Nietzsche

Vernichtunglodernd,
Tödlich leuchtend,
Lebenversengend
Glüht uns im Innern
Flammender Genius.
Aber es schützt uns
Vor dem Verglimmen
Kühlenden Unkrauts dichte Decke,
Die unser Herz feucht wuchernd umspinnt:
Gewohnheit und gedankenlose
Lust am Leben,
Und tröstende Lüge,
Und süßer Selbstbetrug,
Und trauliches Dämmern
Von heut auf morgen ...
Wir tragen im Innern
Leuchtend die Charis,
Die strahlende Ahnung der Kunst.
Aber die Götter haben sie tückisch
Mit dem Hephästos vermählt:
Dem schmierigen Handwerk,
Der hinkenden Plage,
Der humpelnden, keuchenden Unzulänglichkeit.
Wir tragen im Innern
Den Träumer Hamlet, den Dänenprinzen,
Den schaurig klugen,
Den Künstler der Lebensverneinung,
Der den Schrei der Verzweiflung noch geistreich umrankt mit funkelndem Witz.
Aber bei ihm sitzt
In unserer Seele enger Zelle
Mit blödem Mönchsfleiß,
Und emsig das Leben bejahend,
Gräber schaufelnd der schmerzenden Wahrheit,

Gräber von Büchern, Worten, Staub,
Der eignen Beschränktheit in Ehren froh,
Ein lallender Kobold: der deutsche Professor ...
Wir tragen im Innern den Faust, den Titanen,
Und Sganarelle, die Bedientenseele,
Den weinenden Werther – und Voltaire, den Zweifler,
Und des Propheten gellenden Wehruf
Und das Jauchzen schönheittrunkner Griechen:
Die Toten dreier Jahrtausende,
Ein Bacchanal von Gespenstern.
Von andern ersonnen, von andern gezeugt,
Fremde Parasiten,
Anempfunden,
Krank, vergiftet. –
Sie wimmern, sie fluchen, sie jauchzen, sie streiten:
Was wir reden, ist heisrer Widerhall
Ihres gellenden Chors.
Sie zanken wie taumelnde Zecher
Uns zur Qual!
Aber es eint sie die Orgie
Uns zur Qual!
Sie trinken aus unsrem Schädel
Jauchzend den Saft unsres Lebens –
Sie ranken sich erstickend,
Zischende Schlangen,
Um unser Bewußtsein –
Sie rütteln am ächzenden Baum unsres Glücks
Im Fiebersturm –
Sie schlagen mit knochigen Händen
An unsrer Seele bebende Saiten –
Sie tanzen uns zu Tode!
Ihr wirbelnder Reigen wühlt die Welle auf.
Die Lebenswelle, die Todeswelle,
Bis sie die Dämme brandend zersprenget
Und die Gespenster verschlinget
Und uns mit ihnen ...
Und sich über unsre Qualen breitet

Ein schweigender, kühlender Mantel:
Nacht ... – – –!

Verheißung

Fühlst Du durch die Winternacht
Durch der kalten Sternlein Zittern
Durch der Eiskristalle Pracht
Wie sie flimmern und zersplittern,
Fühlst nicht nahen laue Mahnung,
Keimen leise Frühlingsahnung?

Drunten schläft der Frühlingsmorgen
Quillt in gährenden Gewalten
Und, ob heute noch verborgen,
Sprengt er rings das Eis in Spalten:
Und in wirbelnd lauem Wehen
Braust er denen, die's verstehen.

Hörst Du aus der Worte Hall,
Wie sie kühn und trotzig klettern
Und mit jugendlichem Prall
Klirrend eine Welt zerschmettern:
Hörst Du nicht die leise Mahnung,
Warmen Lebensfrühlings Ahnung?

Denkmal-Legende

Zum Grillparzer-Gedenktage

(15. Jänner 1891)

1.

Der Mann sitzt dort am Weg schon lang, so lang;
Und ich bin so müd, und ich schliche so gern mich fort,
Und es hält mich sein Blick mit leisem, festem Zwang
Und mir ist, als müßt ich ihm sagen ein Wort ... und mir fehlt das Wort!

Es dämmert. Draußen klirrt und rauscht die Stadt.
Die Steine qualmen. Es ist dumpf und schwül.
Der Werktag geht zur Neige, schlurfenden Schritts und matt.
Hier aber, im Garten, ists leer und feucht und kühl.

Jetzt steht er auf, der hagre alte Mann.
Nein, nein, noch nicht ... Was schläft nur in den Augen,
Den müdverschleierten ... mich hält ihr Bann ...
Daß sie die Kraft mir aus der Seele saugen?

So dämmern Augen, die der Tod umschleiert,
Der langsame, der aus dem Leben quillt,
Indes das Lied der Welt Entsagung leiert
Und Ekel flutend durch die Seele schwillt.

So zucken Lippen, wenn die Seele schreit,
Nach einem Rausch, einem Glück, einem Glanz!
Und was in mir schläft, verklungen, weit, so weit,
Das regt sich erwachend in schmerzlichem Tanz.

So zucken Lippen, wenn zu oft betrogen
Mißtrauisch jedes Wort im Innern lauert,
Wenn, die einst flügelschlagend ausgeflogen,
Die Seele frierend jetzt zusammenkauert.

Setz dich zu ihm und hör dem Atmen zu,
Wie das gepreßt, verschüchtert durch die Brust ihm schleicht,
Doch stör ihn nicht, er sehnt sich so nach Ruh ...
Und nah ihm leise, er mißtraut dir leicht ...

2.

Kennt ihr den Mann? Nicht wahr, ihr kennt ihn nicht?
Den alten Mann mit seiner scheuen Pein,
Und doch trägt dies selbe vergrämte Gesicht
Der eure auch, gehauen aus weißem Stein.

Doch um ihn schimmert, den er tönend schuf,
Der marmorweißen Geisteskinder Chor,
Und seines Genius reichumkränzter Ruf
Schlägt tausendzüngig heut an jedes Ohr.

Das ist, was wahllos diese Welt verleiht,
Was tosend durch das Reich der Zeiten wallt;
Des Namens hallende Unsterblichkeit,
Wie Erz so unvergänglich und so kalt.

Der Name, den der Enkel sinnlos nennt,
Wie wir Vergangnes sinnlos mit uns tragen,
Der Formelwahn, der ehrt, was er nicht kennt:
Das könnt ihr geben, das könnt ihr versagen.

Doch was mich rührt und mich verwandt ergreift,
Wobei mir unbewußt die Tränen kamen,
Was dämmernd mir vertraut im Innern reift:
Das lebt, und wüßt auch keiner seinen Namen.

Aus unsern eignen Schmerzen sprichts uns an,
Mitleidend können wir auch mitverstehen:
Das ist mein Wort für jenen alten Mann:
Es lebt der Schmerz, der Marmor wird vergehen.

Sünde des Lebens

Wie die Lieder wirbelnd erklingen!
Wie sie fiedeln, zwitschern und singen!
Wie aus den Blicken die Funken springen!
Wie sich die Glücklichen liebend umschlingen!
Jauchzend und schrankenlos,
Sorglos, gedankenlos
Dreht sich der Reigen,
Der Lebensreigen. –
Ich muß schweigen,
Kann mich nicht freuen,
Mir ist so angst ...

Finster am Bergesrand
Wandelt die Wolke,
Hebt sich des Herren Hand
Dräuend dem Volke:
Und meine Augen, sie sehens alleine,
Und meine Sorgen verstehens alleine ...
Es fiel auf mich in der schweigenden Nacht,
Und es läßt mich nicht los,
Wie dumpfer hallender Glockenlaut,
Es folgt mir durch die Frühlingspracht,
Ich hör es durch der Wellen Getos:
Ich habe den Frevel des Lebens geschaut!

Ich sah den Todeskeim, der aus dem Leben sprießt,
Das Meer von Schuld, das aus dem Leben fließt,
Ich sah die Fluten der Sünden branden,
Die wir ahnungslos begehen,
Weil wir andere nicht verstanden,
Weil uns andere nicht verstehen.

O flöge mein Wort von Haus zu Haus,
Dröhnend wie eherne Becken,
Gellend durch das Alltagsgebraus,
Die Welt aus dem Taumel zu wecken,

Mit bebendem Halle
Zu fragen euch alle:

Dichter im Lorbeerkranz,
Betrogner Betrüger,
Wärmt dich dein Ruhmesglanz,
Macht er dich klüger?!
Deuten willst du das dämmernde Leben,
Im Herzen erlösen das träumende Streben?

Kannst du denn noch verstehen,
Was du selber gestern gedacht,
Kannst du noch einmal fühlen
Den Traum der letzten Nacht?
Wenn deine Seele weinet,
Weißt du denn auch warum?
Dir ahnt und dünkt und scheinet, –
Oh, bleibe lieber stumm.

Denn was dein Geist, von Glut durchzuckt, gebar,
Eh dus gestaltet, ists schon nicht mehr wahr.
Es ward dir fremd, du kannst es nicht mehr halten,
Kennst nicht seine tötenden Gewalten:

Endlose Kreise
Ziehet das leise
Unsterbliche Wort,
Fort und fort.

Wie es tausendfach gedeutet
Irrlichtgleich die Welt verleitet,
Schmeichelnd die Seelen betöret,
Tobend die Seelen zerstöret,
Ewig seine Form vertauschend,
Durch die Zeiten vorwärtsrauschend,
Nachempfunden, nachgehallt,
Seellos wogt und weiterwallt,
Ewig unverstanden taumelt,

Ruh- und friedlos immerzu,
Deines Geists verfluchtes Kind,
Unsterblich wie du!

Gatte der jungen Frau,
Hast du es auch bedacht,
Als um dich liebelau
Rauschte die erste Nacht,
Als du sie glühend an dich drücktest,
Daß du vielleicht ihre Seele ersticktest?
Daß vielleicht, was in ihr schlief,
Nach einem Andern angstvoll rief,
Um dens ihr unbezwinglich bangte,
Nach dem ihr ganzes Sein verlangte?

Daß dein Umfangen vielleicht ein Zerbrechen,
Daß dein Recht vielleicht ein Verbrechen? ...

Nimm dich in acht!
Seltsame Kreise
Spinnen sich leise
Aus klagenden Augen
Und sie saugen
An deinem Glück!
Einen Andern
Hätten die Kreise
Golden umgeben,
Kraft ihm entzündend,
Liebe verkündend;
Dich aber quälen sie,
Schweigend erzählen sie
Dir von Entbehrung,
Die du verschuldet hast,
Dir von Entehrung,
Die du geduldet hast,
Und von Wünschen, unerfüllbar,
Und von Sehnsucht, die unstillbar
Ihr betrognes Herz durchbebt,

Wie die Ahnung des Verlornen,
Die um blasse Kinderwangen
Und um frühverwelkte Blumen
Traurig und verklärend webt.

Reicher im goldnen Haus,
Fühlst du kein Schauern?
Dringt nicht ein Stimmgebraus
Dumpf durch die Mauern?
Die da draußen frierend lungern,
Dich zu berauschen, müssen sie hungern,
Ihre gierigen Blicke suchen dich,
Ihre blassen Lippen verfluchen dich,
Und ihr Hirn mit dumpfem, dröhnendem Schlag,
Das schmiedet, das schmiedet den kommenden Tag.

Priester, du willst die Seele erkennen,
Willst Gesundes vom Kranken trennen,
Irrt dein Sinn oder lügt dein Mund?
Was ist krank?! Was ist gesund?!

Richter, eh du den Stab gebrochen,
Hat keine Stimme in dir gesprochen:
Ist das Gute denn nicht schlecht?
Ist das Unrecht denn nicht Recht?

Mensch, eh du einen Glauben verwarfst,
Weißt du denn auch, ob du es darfst?
Wärest du tief genug nur gedrungen,
Wär dir derselbe Quell nicht entsprungen?

Keiner ahnet, was er verbricht,
Keiner die Schuld und keiner die Pflicht.
Darfst du leben, wenn jeder Schritt
Tausend fremde Leben zertritt,
Wenn du nicht denken kannst, nichts erspüren,
Ohne zu lügen, zu verführen!
Wenn dein bloßes Träumen Macht ist,

Wenn dein bloßes Leben Schlacht ist,
Dunkles Verderben dein dunkles Streben,
Dir selbst verborgen, so Nehmen wie Geben!

Darfst du sagen »Ich sehe«?
Dich rühmen »Ich verstehe«?
Dem Irrtum wehren,
Rätsel klären,
Du selber Rätsel,
Dir selber Rätsel,
Ewig ungelöst?!

Mensch!
Verlornes Licht im Raum,
Traum in einem tollen Traum,
Losgerissen und doch gekettet,
Vielleicht verdammt, vielleicht gerettet,
Vielleicht des Weltenwillens Ziel,
Vielleicht der Weltenlaune Spiel,
Vielleicht unvergänglich, vielleicht ein Spott,
Vielleicht ein Tier, vielleicht ein Gott.
– – – – – – – – – – – – – –

Wohl mir, mein müder Geist
Wird wieder Staub,
Wird, wie der Weltlauf kreist,
Wurzel und Laub;
Wird sich keimenden Daseins freuen,
Frühlingstriebe still erneuen,
Saftige Früchte zur Erde streuen;
Freilich, sein spreitendes Dach zu belauben,
Wird er andern die Säfte rauben,
Andern stehlen Leben und Lust:
Wohl mir, er frevelt unbewußt!

Vorgefühl

Das ist der Frühling nicht allein,
Der durch die Bäume dränget
Und wie im Faß der junge Wein
Die Reifen fast zersprenget,

Der Frühling ist ja zart und kühl,
Ein mädchenhaftes Säumen,
Jetzt aber wogt es reif und schwül
Wie Julinächte träumen.

Es blinkt der See, es rauscht die Bucht,
Der Mond zieht laue Kreise,
Der Hauch der Nachtluft füllt die Frucht,
Das Gras erschauert leise.

Das ist der Frühling nicht allein,
Der weckt nicht solche Bilder
– – – – – – – – – – – – – –

Ghaselen

1.

In der ärmsten kleinen Geige liegt die Harmonie des Alls verborgen,
Liegt ekstatisch tiefstes Stöhnen, Jauchzen süßen Schalls verborgen;
In dem Stein am Wege liegt der Funke, der die Welt entzündet,
Liegt die Wucht des fürchterlichen, blitzesgleichen Pralls verborgen.
In dem Wort, dem abgegriffnen, liegt was mancher sinnend suchet:
Eine Wahrheit, mit der Klarheit leuchtenden Kristalls verborgen ...
Lockt die Töne, sucht die Wahrheit, werft den Stein mit Riesenkräften!
Unsern Blicken ist Vollkommnes seit dem Tag des Sündenfalls verborgen.

2.

Jede Seele, sie durchwandelt der Geschöpfe Stufenleiter:
Formentauschend, rein und reiner, immer höher, hell und heiter,
Lebt sie fort im Wurm, im Frosche, im Vampir, im niedern Sklaven,
Dann im Tänzer, im Poet, im Trunkenbold, im edlen Streiter ...
Sehet: eine gleiche Reihe Seelenhüllen, Truggestalten
Muß der Dichtergeist durchwandeln, stets verklärter, stets befreiter:
Und er war im Werden Gaukler, war Vampir und war Brahmane,
Leere Formen läßt er leblos und strebt höher, wahrer, weiter ...
Aber wissend seines Werdens, hat er werdend auch erschaffen:
Hat Gestalten nachgebildet der durchlaufnen Wesensleiter:
Den Vampir, den niedern Sklaven, Gaukler, Trunkenbold und Streiter.

Blühende Bäume

Was singt in mir zu dieser Stund
Und öffnet singend mir den Mund,
Wo alle Äste schweigen
Und sich zur Erde neigen?

Was drängt aus Herzensgrunde
Wie Hörnerschall zutag
Zu dieser stillen Stunde,
Wo alles träumen mag
Und träumend schweigen mag?

An Ästen, die sich neigen,
Und braun und dunkel schweigen,
Springt auf die weiße Blütenpracht
Und lacht und leuchtet durch die Nacht
Und bricht der Bäume Schweigen,
Daß sie sich rauschend neigen
Und rauschend ihre Blütenpracht
Dem dunklen Grase zeigen!

So dringt zu dieser stillen Stund
Aus dunklem, tiefem Erdengrund
Ein Leuchten und ein Leben
Und öffnet singend mir den Mund
Und macht die Bäum erbeben,
Daß sie in lichter Blütenpracht
Sich rauschend wiegen in der Nacht!

Blütenreife

1.

Die Blüten schlafen am Baume
In schwüler, flüsternder Nacht,
Sie trinken in duftigem Traume
Die flimmernde, feuchte Pracht.
Sie trinken den lauen Regen,
Den glitzernden Mondenschein,
Sie zittern dem Licht entgegen,
Sie saugen es taumelnd ein:
Sie sprengen die schweigende Hülle
Und gleiten berauscht durch die Luft
Und sterben an der Fülle
Von Glut und Glanz und Duft.

Das war die Nacht der Träume,
Der Liebe schwül gärende Nacht,
Da sind mit den Knospen der Bäume
Auch meine Lieder erwacht.
Sie sprengten die schweigende Hülle
Und glitten berauscht durch die Luft
Und starben an der Fülle
Von Glut und Glanz und Duft.

2.

Und es fragen mich die Leute:
»Sag, wie kommts, daß deine Lieder
So das Gestern wie das Heute
Spiegeln tausendtönig wieder?

Wenn nur einer Stunde Beben
Sie beseelet und entzündet,

Sag, wie kommts, daß all dein Leben
Bunt und seltsam in sie mündet,

All dein Grübeln und dein Träumen
In die Töneflut sich schlinget,
Der Gedanken wechselnd Schäumen
Dumpf durch deine Lieder klinget?«

Und ich sage: »Seht, es gleichen
Meine Lieder jenen Blüten,
Die ja auch in einer weichen,
Heißen, einzgen Nacht erblühten,

Und im Kelche dennoch tragen
Eines ganzen Lebens Währen:
Sonne von versunknen Tagen,
Ferner Frühlingsnächte Gären.«

Der Schatten eines Toten ...

Der Schatten eines Toten fiel auf uns
Und einer Künstlerseele letzter Kampf,
Der Seele, die sich sterben zugesehn
Und die noch malen wollte ihren Krampf.

Und uns durchzitterte die böse Gier,
Nachzuempfinden dieses Toten Graun,
Als könnten wir durch sein gebrochnes Aug
Die tiefgeheimen Lebensgründe schaun.

Und wie ein Sterbender sich stöhnend wälzt
Und seine Decken zuckend von sich stößt,
So hatte *der* rings um uns, in uns selbst
Verhüllte Qual, betäubte Qual entblößt.

Unsagbar widerwärtig quoll es auf,
Wie Wellen, Ekelwellen brachs herein,
So sinnlos leer und frierend kalt und öd,
Ein Atemzug der überreichsten Pein:

Als wär des Lebens Inhalt ausgelöscht,
Das Heiligste gelöst in Qualm und Dunst ...
Verstehn, Gestalten, Künstler sein, wozu?
Wozu denn Leben? und wozu die Kunst?

Erlognes an Erlognes, Wort an Wort
Wie bunte Steinchen aneinanderreihn!
Was wissen wir, wodurchs zusammenhält;
Und muß es so, und kann nicht anders sein?!

Und wär der Blick, mit dem wir es erschaun,
Nur unser, unser der erträumte Schein!
Er ist es nicht, und was ich denke, ist,
Ja, dieser Schrei ist Nachhall, ist nicht mein!

Nur eins ist mein, wie's auch dem Tier gehört,
Ist nicht gespenstisch, keinem nachgefühlt;
Daß mich bei deiner trostverschloßnen Angst
Ein seltsam dumpfes Mitleid hat durchwühlt.

Und daß ich, selber ohne Trost und Rat,
Dich trösten wollte, wie ein Kind ein Kind,
Das nichts von unverstandnem Kummer weiß,
Von Dingen, die unfaßbar in uns sind.

Das ist vielleicht das Letzte was uns bleibt,
Wenn der Gedanke ungedacht schon lügt:
Daß auf ein zitternd Herz das andre lauscht
Und leisen Drucks zur Hand die Hand sich fügt ...

Sonette

Künstlerweihe

Wir wandern stumm, verschüchtert, bang gebückt,
Und bergen scheu, was wir im Herzen hegen,
Und reden Worte, die uns nicht bewegen,
Und tote Dinge preisen wir entzückt.

Die Seele ist vergraben und erstickt ...
Verfaultes leuchtet fahl auf nächtgen Wegen ...
Und sind wir müde, soll uns Kunst erregen,
Bis wir im Rausch der leeren Qual entrückt.

Jüngst fiel mein Aug auf Meister Wolframs Buch
Vom Parzival, und vor mir stand der Fluch,
Der vom verlornen Gral herniederklagt:

»Unseliger, was hast du nicht gefragt?!«
In Mitleid ahnend stumme Qual befreie:
Das ist die einzig wahre Künstlerweihe!

»Zukunftsmusik«

Heiligen Mitleids rauschende Wellen,
Klingend an jegliches Herze sie schlagen;
Worte sind Formeln, die könnens nicht sagen,
Können nicht fassen die Geister, die hellen.

Frei sind die Seelen, zu jubeln, zu klagen,
Ahnungen dämmern und Kräfte erschwellen:
Töne den Tönen sich zaubrisch gesellen:
Gilt es dem Heute, den kommenden Tagen?

Wer will es deuten, – ein gärendes Wühlen,
Regellos göttlich, – wer will erlauschen
Heldenhaft höchstes und heißestes Fühlen,

Feuerlodern und Stromesrauschen ...?
Doch es beherrscht das Titanengetriebe
Bebende Ahnung erlösender Liebe.

Lebensquell

Die Frühlingsfluten ziehn durch meinen Geist:
Verwandte Gärung fühl ich sich ergießen
Durch tausend Knospen, die sich heut erschließen,
Und neues Leben dampft und quillt und kreist.

Das ist des ewgen Jugendbrunnens Fließen,
Der jedem Jahr die gleiche Fülle weist:
In neuer, feuchtverklärter Schönheit gleißt
Was er benetzt, und locket zum Genießen:

Gedanken, kommt und trinkt euch neues Leben:
Du scheue Hoffnung, fastverklungnes Fühlen,
Du halbverzagtes, wegemüdes Streben,

Laßt euch von lichter Lebensflut umspülen,
Ihr Träume, Bilder, die ich täglich schaue,
Daß euch auf immer dieser Glanz betaue.

Sonett der Welt

Unser Leiden, unsre Wonnen
Spiegelt uns die Allnatur,
Ewig gilt es unsrer Spur,
Alles wird zum Gleichnisbronnen:

Erstes Grün der frischen Flur,
Mahnst an Neigung, zart begonnen,
Heißes Sengen reifer Sonnen,
Bist der Liebe Abglanz nur!

Schlingt sich um den Baum die Winde,
Denken wir an uns aufs neue,
Sehnen uns nach einer Treue,

Die uns fest und zärtlich binde ...
Und wir fühlen uns verwandt,
Wie wir unser Bild erkannt.

Sonett der Seele

Willensdrang von tausend Wesen
Wogt in uns vereint, verklärt:
Feuer loht und Rebe gärt
Und sie locken uns zum Bösen.

Tiergewalten, kampfbewährt,
Herrengaben, auserlesen,
Eignen uns und wir verwesen
Einer Welt ererbten Wert.

Wenn wir unsrer Seele lauschen,
Hören wirs wie Eisen klirren,
Rätselhafte Quellen rauschen,

Stille Vögelflüge schwirren ...
Und wir fühlen uns verwandt
Weltenkräften unerkannt.

Erfahrung

Ich kann so gut verstehen die ungetreuen Frauen,
So gut, mir ist, als könnt ich in ihre Seelen schauen.
Ich seh um ihre Stirnen die stumme Klage schweben,
Die Qual am langen, leeren, am lebenleeren Leben;

Ich seh in ihren Augen die Lust, sich aufzugeben,
Im Unergründlichen, Verbotenen zu beben,
Die Lust am Spiel, die Lust, das Letzte einzusetzen,
Die Lust am Sieg und Rausch, am Trügen und Verletzen.

Ich seh ihr Lächeln und die heimlichen, die Tränen,
Das rätselhafte Suchen, das ruhelose Sehnen.
Ich fühle, wie sies drängt zu törichten Entschlüssen,

Wie sie die Augen schließen, und wie sie quälen müssen;
Wie sie für jedes Morgen ein jedes Heut begraben,
Und wie sie nicht verstehen, wenn sie getötet haben.

Rechtfertigung

So wie der Wandrer, der durch manch Verhau,
Manch blühend Dickicht seinen Weg gefunden:
Zerrißne Ranken haben ihn umwunden,
Auf Haar und Schläfen glänzt der frische Tau,

Und um ihn webt ein Duft noch viele Stunden
Wie Frühlingsgären und wie Ätherblau –:
So trägt der Dichter unbewußt zur Schau
Was schweigsam oft ein Freundesherz empfunden.

Er raubt es nicht, es kommt ihm zugeflogen
Wie Tau aus Blütenkelchen sich ergießt;
Der Blumen Zutraun hat er nicht betrogen,

Weil sichs ihm selber, unbegehrt, erschließt:
Den Tropfen hat ein Sehnen hingezogen,
Wo Bach zum Strom, und Strom zum Meere fließt.

»Epigonen«

Und richtend wird es euch entgegendröhnen:
»Verfluchte Schar von Gegenwartsverächtern!
Gewandelt seid ihr *zwischen* den Geschlechtern,
Den Vätern fremd und fremd den eignen Söhnen;

Ihr schwanktet kläglich zwischen den Verfechtern
Von neuen Farben, neuen eignen Tönen,
Von neuem Zweifeln, Suchen, Lachen, Stöhnen,
Und zwischen des Ererbten starren Wächtern.

In Unverstehen seid ihr hingegangen
Durch aller Stürme heilig großes Grauen,
Durch aller Farben glühend starkes Prangen

In taubem Hören und in blindem Schauen:
All Eines ist der Anfang und das Ende,
Und wo du stehst, dort ist die Zeitenwende!«

Vielfarbige Distichen

Und so begrabt mich einst, wie heut sie das Mädchen begruben,
Nahe dem blinkenden Strand, nahe dem schattigen Hain.
Jünglinge faßten sie sanft, und Jünglinge hoben die Bahre,
Flöten umtanzten den Zug, Kränze umschwebten ihn dicht.
Habt ihr sie liegen gesehn, auf schmiegendem Purpur gebettet,
Leuchtende Blumen um sie, sterbende, kaum noch erblüht?
Reifen im duftenden Haar, mit bräutlichen Binden durchflochten,
Seh ich die schimmernde Stirn blinken durch bläulichen Rauch.
Weihwasserkrüge zur Seit, die wilden Empusen zu bannen,
Knistert der Weihrauch und dampft, Rosen schwimmen im Krug,
Flammen nun schlagen empor, still atmende heilige Flammen,
Lösen die reine Gestalt, lösen verklärend sie auf.
Löscht nun die zischende Glut mit duftendem Weine von Chios,
Deckt sie mit Blumen! o streut Farben, nur Farben darauf!

Einem, der vorübergeht

Du hast mich an Dinge gemahnet,
Die heimlich in mir sind,
Du warst für die Saiten der Seele
Der nächtige flüsternde Wind

Und wie das rätselhafte,
Das Rufen der atmenden Nacht,
Wenn draußen die Wolken gleiten
Und man aus dem Traum erwacht,

Zu blauer weicher Weite
Die enge Nähe schwillt,
Durch Zweige vor dem Monde
Ein leises Zittern quillt.

Mein Garten

Schön ist mein Garten mit den goldnen Bäumen,
Den Blättern, die mit Silbersäuseln zittern,
Dem Diamantentau, den Wappengittern,
Dem Klang des Gong, bei dem die Löwen träumen,
Die ehernen, und den Topasmäandern
Und der Volière, wo die Reiher blinken,
Die niemals aus dem Silberbrunnen trinken ...
So schön, ich sehn mich kaum nach jenem andern,
Dem andern Garten, wo ich früher war.
Ich weiß nicht wo ... Ich rieche nur den Tau,
Den Tau, der früh an meinen Haaren hing,
Den Duft der Erde weiß ich, feucht und lau,
Wenn ich die weichen Beeren suchen ging ...
In jenem Garten, wo ich früher war ...

Die Töchter der Gärtnerin

Die eine füllt die großen Delfter Krüge,
Auf denen blaue Drachen sind und Vögel,
Mit einer lockern Garbe lichter Blüten:
Da ist Jasmin, da quellen reife Rosen
Und Dahlien und Nelken und Narzissen ...
Darüber tanzen hohe Margeriten
Und Fliederdolden wiegen sich und Schneeball
Und Halme nicken, Silberflaum und Rispen ...
Ein duftend Bacchanal ...
Die andre bricht mit blassen feinen Fingern
Langstielige und starre Orchideen,
Zwei oder drei für eine enge Vase ...
Aufragend mit den Farben die verklingen,
Mit langen Griffeln, seltsam und gewunden,
Mit Purpurfäden und mit grellen Tupfen,
Mit violetten, braunen Pantherflecken
Und lauernden, verführerischen Kelchen,
Die töten wollen ...

Stille

Trübem Dunst entquillt die Sonne,
Zähen grauen Wolkenfetzen ...
Häßlich ist mein Boot geworden,
Alt und morsch mit wirren Netzen.

Gleichgetöntes Wellenplätschern
Schlägt den Kiel (er schaukelt träge),
Und die Flut mit Schaum und Flecken
Zeichnet nach die Spur der Wege.

Ferne vor dem trüben Himmel
Schweben graziöse Schatten
– Helles Lachen schallt herüber –,
Gleiten Gondeln flink, die glatten.

Fackeln haben sie und Flöten
Und auf Polstern: Blumen, Frauen ...
Langsam tauchen sie mir unter
In dem Dunst, dem schweren, grauen ...

Stürme schlafen dort im Dunste:
Kämen sie noch heute abend
Zischend auf die glatte Öde,
Wellentreibend, brausend, labend!

Der Prophet

In einer Halle hat er mich empfangen,
Die rätselhaft mich ängstet mit Gewalt,
Von süßen Düften widerlich durchwallt:
Da hängen fremde Vögel, bunte Schlangen.

Das Tor fällt zu, des Lebens Laut verhallt,
Der Seele Atmen hemmt ein dumpfes Bangen,
Ein Zaubertrunk hält jeden Sinn befangen
Und alles flüchtet hilflos, ohne Halt.

Er aber ist nicht wie er immer war,
Sein Auge bannt und fremd ist Stirn und Haar.
Von seinen Worten, den unscheinbar leisen,
Geht eine Herrschaft aus und ein Verführen,

Er macht die leere Luft beengend kreisen
Und er kann töten, ohne zu berühren.

Wolken

Am nächtigen Himmel
Ein Drängen und Dehnen,
Wolkengewimmel
In hastigem Sehnen,

In lautloser Hast
– Von welchem Zug
Gebietend erfaßt? –
Gleitet ihr Flug,

Es schwankt gigantisch
Im Mondesglanz
Auf meiner Seele
Ihr Schattentanz,

Wogende Bilder,
Kaum noch begonnen,
Wachsen sie wilder,
Sind sie zerronnen,

Ein loses Schweifen ...
Ein Halb-Verstehn ...
Ein Flüchtig-Ergreifen ...
Ein Weiterwehn ...

Ein lautloses Gleiten,
Ledig der Schwere,
Durch aller Weiten
Blauende Leere.

Leben

Die Sonne sinkt den lebenleeren Tagen
Und sinkt der Stadt vergoldend und gewaltig,
So wie sie sank der Zeit, die viel zu sagen
Und viel zu schenken hatte, vielgehaltig.
Und Schatten scheint die goldne Luft zu tragen
Versunkener Tage, blaß und zartgestaltig,
Und alle Stunden, die vorübergleiten,
Verhüllt ein Hauch verklärter Möglichkeiten.

Ein Morgen war in blassen weiten Gärten,
Von kühlem Duft und Einsamkeit durchzogen,
Die Sonne steigt, es finden sich Gefährten,
Aus Lauben tretend, aus lebendigen Bogen,
Und die Gedanken, die sich funkelnd mehrten
Und aus der Einsamkeit die Schönheit sogen,
Ergießen sich in losgebundenen Scharen
Mit offenen Lippen, Efeu in den Haaren.

Und alle Dinge werden uns lebendig:
Im Winde weht der Atem der Mänaden,
Aus dunklen Teichen winkt es silberhändig,
Und die verträumten flüstern, die Dryaden,
In leisen Schauern sehnend und beständig
Von nächtigen geheimnisvollen Gnaden
Mit gelbem warmem Mond und stillem Prangen
Und vieler Schönheit, die vorbeigegangen.

Doch aus dem Garten sind wir schon getreten:
Auf goldenen Fluten harren die Galeeren
Mit Flötenklang und Segeln, weißgeblähten ...
Und weiter Treppen königliche Ehren
Mit Purpurprunk und silbernen Trompeten ...
Und von berühmten griechischen Hetären,
In goldenes Braun und Pfirsichrot gehüllt,
Ist der Balkone Gitterwerk erfüllt.

Es gleitet flink durch dunkelblaue Wogen
Das goldene Schiff der Insel nun entgegen,
Der Flötenschall ist singend vorgeflogen,
Und auf den blumen-überquollnen Wegen
Aus des Theaters schwarzem Marmorbogen
Sieht man den Chor sich feierlich bewegen,
Um Bacchos und die Musen anzurufen,
Die aus dem Rausche die Tragödie schufen.

Im Fackelschein, wo alle Schatten schwanken,
Ist die Tragödie königlich beendet,
Mit schweren reifen purpurnen Gedanken
Sind wir zur Heimfahrt durch die Nacht gewendet.
Und wie die Formen all in Dunkel sanken,
So hat auch alles Irdische geendet,
Und wie der Schlaf im leisen Takt der Wogen –
Willkommen käme jetzt der Tod gezogen.

Ballade vom kranken Kind

Das Kind mit fiebernden Wangen lag,
Rotgolden versank im Laub der Tag.
Das Fenster hing voller wildem Wein,
Da sah ein fremder Jüngling herein.

»Laß, Mutter, den schönen Knaben ein,
Er beut mir die Schale mit leuchtendem Wein,
Seine Lippen sind wie Blumen rot,
Aus seinen Augen ein Feuer loht.«

Der nächste Tag verglomm im Teich,
Da stand am Fenster der Jüngling, bleich,
Mit Lippen wie giftige Blumen rot
Und einem Lächeln, das lockt und droht.

»Schick, Mutter, den fremden Knaben fort,
Mich zehrt die Glut und mein Leib verdorrt,
Mich ängstigt sein Lächeln, er hält mir her
Die Schale mit Wein, der ist heiß und schwer!

Ach Mutter, was bist du nicht erwacht!
Er kam geschlichen ans Bett bei Nacht:
Und, weh, seinen Wein ich getrunken hab
Und morgen könnt ihr mir graben das Grab!«

Regen in der Dämmerung

Der wandernde Wind auf den Wegen
War angefüllt mit süßem Laut,
Der dämmernde rieselnde Regen
War mit Verlangen feucht betaut.

Das rinnende rauschende Wasser
Berauschte verwirrend die Stimmen
Der Träume, die blasser und blasser
Im schwebenden Nebel verschwimmen.

Der Wind in den wehenden Weiden,
Am Wasser der wandernde Wind
Berauschte die sehnenden Leiden,
Die in der Dämmerung sind.

Der Weg im dämmernden Wehen,
Er führte zu keinem Ziel,
Doch war er gut zu gehen
Im Regen, der rieselnd fiel.

Psyche

Psyche, my soul

Edgar Poe

... und Psyche, meine Seele, sah mich an
Von unterdrücktem Weinen blaß und bebend
Und sagte leise: »Herr, ich möchte sterben,
Ich bin zum Sterben müde und mich friert.«

O Psyche, Psyche, meine kleine Seele,
Sei still, ich will dir einen Trank bereiten,
Der warmes Leben strömt durch alle Glieder.
Mit gutem warmem Wein will ich dich tränken,
Mit glühendem sprühendem Saft des lebendigen
Funkelnden, dunkelnden, rauschend unbändigen,
Quellenden, schwellenden, lachenden Lebens,
Mit Farben und Garben des trunkenen Bebens:
Mit sehnender Seele von weinenden Liedern,
Mit Ballspiel und Grazie von tanzenden Gliedern,
Mit jauchzender Schönheit von sonnigem Wehen
Hellrollender Stürme auf schwarzgrünen Seen,
Mit Gärten, wo Rosen und Efeu verwildern,
Mit blassen Frauen und leuchtenden Bildern,
Mit fremden Ländern, mit violetten
Gelbleuchtenden Wolken und Rosenbetten,
Mit heißen Rubinen, grüngoldenen Ringen
Und allen prunkenden duftenden Dingen.

Und Psyche, meine Seele, sah mich an
Und sagte traurig: »Alle diese Dinge
Sind schal und trüb und tot. Das Leben hat
Nicht Glanz und Duft. Ich bin es müde, Herr.«

Ich sagte: Noch weiß ich wohl eine Welt,
Wenn dir die lebendige nicht gefällt.
Mit wunderbar nie vernommenen Worten
Reiß ich dir auf der Träume Pforten:

Mit goldenglühenden, süßen lauen
Wie duftendes Tanzen von lachenden Frauen,
Mit monddurchsickerten nächtig webenden
Wie fiebernde Blumenkelche bebenden,
Mit grünen, rieselnden, kühlen, feuchten
Wie rieselndes grünes Meeresleuchten,
Mit trunken tanzenden, dunklen, schwülen
Wie dunkelglühender Geigen Wühlen,
Mit wilden, wehenden, irren und wirren
Wie großer nächtiger Vögel Schwirren,
Mit schnellen und gellenden, heißen und grellen
Wie metallener Flüsse grellblinkende Wellen ...
Mit vielerlei solchen verzauberten Worten
Werf ich dir auf der Träume Pforten:
Den goldenen Garten mit duftenden Auen
Im Abendrot schwimmend, mit lachenden Frauen,
Das rauschende violette Dunkel
Mit weißleuchtenden Bäumen und Sterngefunkel,
Den flüsternden, braunen, vergessenen Teich
Mit kreisenden Schwänen und Nebel bleich,
Die Gondeln im Dunklen mit seltsamen Lichtern,
Schwülduftenden Blumen und blassen Gesichtern,
Die Heimat der Winde, die nachts wild wehen,
Mit riesigen Schatten auf traurigen Seen,
Und das Land von Metall, das in schweigender Glut
Unter eisernem grauem Himmel ruht.

— — — — — — — — — — — — — — — — —

Da sah mich Psyche, meine Seele, an
Mit bösem Blick und hartem Mund und sprach:
»Dann muß ich sterben, wenn du so nichts weißt
Von allen Dingen, die das Leben will.«

Melusine

Im Grünen geboren,
Am Bache gefreit,
Wie ist mir das Leben,
Das liebe, so weit!

Heut hab ich geträumt
Von dem Wasser tief,
Wo ich im Dunkel
Nicht schlief, nicht schlief!

Was sich im Weiher
Spiegeln ging,
In meinen wachen
Augen sich fing:

Die traurigen Bäume,
Durch die es blinkt,
Wenn der Ball, der große,
Rot-atmend sinkt,

Die blassen Mädchen,
Die lautlos gehn,
Mit weißen Augen
Ins Dunkel sehn,

Und der Waldfrauen
Flüsternde Schar,
Mit Laub und Kronen
Im offenen Haar ...

Rotgoldne Kronen?
Und Perlschnüre schwer?
Ich hab es vergessen,
Ich finds nimmermehr.

Weihnacht

Weihnachtsgeläute
Im nächtigen Wind ...
Wer weiß, wo heute
Die Glocken sind,
Die Töne von damals sind?

Die lebenden Töne
Verflogener Jahr'
Mit kindischer Schöne
Und duftendem Haar,
Mit tannenduftigem Haar,

Mit Lippen und Locken
Von Träumen schwer? ...
Und wo kommen die Glocken
Von heute her,
Die wandernden heute her?

Die kommenden Tage,
Die wehn da vorbei.
Wer hörts, ob Klage,
Ob lachender Mai,
Ob blühender, glühender Mai? ...

»Werke« sind totes Gestein

»Werke« sind totes Gestein, dem tönenden Meißel entsprungen,
Wenn am lebendigen Ich meißelnd der Meister erschuf.
»Werke« verkünden den Geist, wie Puppen den Falter verkünden:
»Sehet, er ließ mich zurück, leblos, und flatterte fort.«
»Werke«, sie gleichen dem Schilf, dem flüsternden Schilfe des Midas,
Streuen Geheimnisse aus, wenn sie schon längst nicht mehr wahr.

Widmung

[Für Ferdinand von Saar]

Ich glaube, aller Dinge Harmonien
Und was von Schönheit auf dem Leben ruht,
Das ist der Dichter ausgegoss'nes Blut
Und Schönheit, die ihr Sinn der Welt geliehen:

Da schufen die aus ihres Innern Glut
Des Ringens und des Lebens Poesien, –
Und jene stillen Leidens leises Ziehen
Verklärend, was beklemmend auf uns ruht.

Doch wo des Abends zitternd zarte Töne
Unnennbar schmerzlich singen vom Entsagen,
Und wo die Dinge, die verschwimmen, tragen

Die rührendste, die nächstverwandte Schöne:
Die Stimmung nenn' ich, Herr, mit deinem Namen
Und glaube, daß du sie geschaffen. Amen.

In ein Exemplar von »Gestern«

Gedanken sind Äpfel am Baume,
Für keinen Bestimmten bestimmt,
Und doch gehören sie schließlich
Dem einen, der sie nimmt.

Brief aus Bad Fusch

Es regnet seit fünf Tagen und fünf Nächten.
Der wilde Wind ist wach auf allen Wegen
Die ganze Nacht. Die blassen Blätter zittern,
Dann fallen kalte Tropfen; kaltes Rieseln
Ist Tag und Nacht an allen Fenstern, Gurgeln
Und Plätschern in der Rinne und am ärgsten
Das Rauschen nachts im angeschwoll'nen Mühlbach.
Wir können nicht mehr lesen in den Zimmern,
Wir müssen immer horchen auf das Rauschen
Der angeschwoll'nen Bäche. Und es dämmert
Unendlich lang. Dann wirds auch immer kälter.
Die Knechte sagen, daß es sicher schneit
Auf allen Bergen und auch bald herunten;
Doch sieht man nichts vor schwerem kalten Regen.
Die Knechte können nichts im Freien tu'n.
So sitzen sie den ganzen Tag beisammen
In einer niedern Stube, wo die Fenster
Vergittert sind und reden von Gespenstern:
Vom Sandmann, der die Kinderaugen tötet,
Vom toten Gast und von berühmten Mördern,
Besessenen und nächtlichen Vampyren.
Wir sitzen abends in dem weißen Zimmer,
Dem mit den alten unbequemen Möbeln
Aus der Kongreßzeit, wo auch das Klavier steht ...

Schönheit

Fiebernd lag ich
Und es begehrten
Die lechzenden Lippen
Nach dem verwehrten
Kühlenden Trunk,
Und es verzehrten
Sich die kranken
Heißen Gedanken,
Lockende Qualen
Trüglich zu malen.
Murmelnder Quellen
Plätschern und Schwellen
Flüss'gen Crystalles
Silbernen Falles
Wallenden Sprudel,
Zischender Strudel
Staubende Schleier,
Ruhige Weiher,
Glitzernde Becken
In kühlen Verstecken
Fluten und schwinden
In wogendem Schwall
Ringsüberall.
Und es träumen
Die zuckenden Lippen
In wildem Genuß,
Wie sie es nippen
In schlürfendem Kuß,
Wie sie es trinken,
Darin versinken,
Wie es bespült,
Die brennenden Lider,
Kalt schauernd sich wühlt
Durch die glühenden Glieder.
Aber nicht wieder
Seit ich gesundet

Find ich die mundend –
Süße Beglückung.
Wo ich auch trinke
Schale Erquickung
Beut mir die Quelle;
Und in der Welle
Murmelndem Rauschen
Kann ich die Töne
Nicht mehr erlauschen
Süßester Schöne,
Die zu erfassen
Damals der Seele
Schmachtende Kelche
Sich bebend erschlossen.
Du unser Sehnen,
Göttliche Schöne,
Die wir durch Töne
Zu rufen wähnen,
Gleichst du nicht jenen
Zaubergebilden
Die wir im wilden
Fieberverlangen
Herniederzwangen,
Die dort verwehrte
Lechzend begehrte,
Gleissend umschwebt
Und in gesunden
Prüfenden Stunden
Nebelnd sich hebt
Und uns zurückläßt
In der kalten
Elend-klaren
Oede des Lebens.

Welt und ich

Geh hin, mein Lied, zum Riesen Atlas, der
Den Bau der Welt mit Arm und Nacken stützt,
Und sag: »Du magst ins Hesperidenland
Jetzt gehn und Äpfel pflücken, wenn dirs nützt.

Mein Herr will untertreten deiner Last,
Wie einer eine leichte Laute hält,
Die murmelnde, wie eine Schüssel Obst,
So trägt er auf den Armen diese Welt.

Das tiefe Meer mit Ungeheuern drin,
Die alles Lebens dumpfe Larven sind;
Die Bäume, deren Wurzel dunkel saugt
Und deren Krone voller Duft und Wind;

Und Mondlicht, das durch Laub zur Erde trieft,
Und Rasen, drauf der Schlaf die Menschen legt,
Gleich stummen Krügen, jeder angefüllt
Mit einer ganzen Welt: ...das alles trägt

Mein Herr auf seinen Armen dir zu Dienst
Und zittert nicht und hält es gerne gut,
So wie ein Silberbecken, angefüllt
Mit leise redender, lebendger Flut.«

Tritt hin, mein Lied, zum Atlas, sag ihm dies,
Und wenn der Riese Atlas dir nicht glaubt,
Sprich: »Wie ertrüg er sie im Arme nicht,
Mein Herr, da er sie lächelnd trägt im Haupt?«

Mädchenlied

»Was rinnen dir die Tränen,
Die Tränen stumm und heiß,
Durch deine feinen Finger,
Die Finger fein und weiß?«

Mein Schleier ist zerrissen
Und wehet doch kein Wind
Und bin doch nirgends gangen
Niemals, wo Dornen sind ...

Die Glocken haben heute
So sonderbaren Klang,
Gott weiß, warum ich weine,
Mir ist zum Sterben bang.

Kirchturm

Die Kirche hat wenig Kerzen,
Ist armer Leut' und kalt.
Matt brennen die gläsernen Herzen,
Die sind wohl schon zu alt.

Da steig ich lieber auf den Turm,
Schau übers Kirchendach,
Schau, wie durch Abendwiesen
Hinrauscht der Erlenbach,

Wie über die kleinen Gräber
Sich neigt der Apfelbaum,
So schön mit seinen Zweigen
Als wie ein Ding im Traum ...

Verliebte junge Tote,
Die fliegen auf bei Nacht
Und sitzen in den Zweigen,
Bis Morgenlicht erwacht.

Hoch über dem Apfelbaume
Im Turme sitzt man gut,
Wenn unten die Sichel im Rasen,
Der Teich im Bette ruht.

O säßen wir beide oben,
Wir beide Hand in Hand,
Verschlungene Finger, schweigend,
Still über dem leuchtenden Land,

So still, unsäglich selig,
Daß unsrer Lieb zulieb
Die Turmuhr uns zu Füßen
Stillstehn und stocken blieb'.

Da droben frei!
Wir zwei allein!
Mein Gott, warum
Wird das nie sein?
Nie wirklich sein?

Spaziergang

Ich ging durch nächtige Gassen
Bis zum verstaubten Rand
Der großen Stadt. Da kam ich
An eine Bretterwand

Auf einem öden Wall von Lehm.
Ich konnt nicht weiter gehen
Noch auch im klaren vollen Licht
Des Monds hinüber spähen.

Dahinter war die ganze Welt
Verschwunden und versunken
Und nur der Himmel aufgerollt
Mit seinen vielen Funken.

Der Himmel war so dunkelblau,
So glanz- und wunderschwer,
Als rollte ruhig unter ihm
Ein leuchtend feuchtes Meer.

Die Sterne glommen, als schauten sie
In einen hohen Hain
Mit rieselnden dunkeln Wassern
Und rauschenden Wipfeln hinein.

Ich weiß nicht, was dort drüben war,
Doch wars wohl fort und fort
Nur öde Gruben, Sand und Lehm
Und Disteln halbverdorrt.

Sag, meine Seele, gibt es wo
Ein Glück, so groß und still,
Als liegend hinterm Bretterzaun
Zu träumen wie Gott will,

Wenn über Schutt und Staub und Qualm
Sich solche Pracht enthüllt,
Daß sie das Herz mit Orgelklang
Und großem Schauer füllt?

Canticum canticorum IV. 12-16

Du bist der verschlossene Garten,
Deine kindischen Hände warten,
Deine Lippen sind ohne Gewalt.
Du bist die versiegelte Quelle,
Des Lebens starre Schwelle,
Unwissend herb und kalt.

Nimm, Wind von Norden, Flügel,
Lauf, Südwind, über die Hügel
Und weh durch diesen Hain!
Laß alle Düfte triefen,
Aus starren Schlafes Tiefen
Das Leben sich befrein!

Wenn kühl der Sommermorgen

Wenn kühl der Sommermorgen graut,
Vom Himmel rosig wie Heidekraut,
Wie rosige Blüte von Heidekraut
Die blasse Sichel niederschaut:

Dann gehen auf silbernen Sohlen da
Aus ihres Gartens Tor
Umgürtet mit Schönheit und Schweigen ja
Die jüngsten Träume hervor.

Sie gehen durch eine blasse
Leisrauschende Pappelallee,
Durch eine Heckengasse
Und durch den duftigen Klee,

Sie öffnen mit feinen Fingern leis
Am dämmernden Hause das Tor
Und gehen die kleine Treppe leis
Zu deiner Kammer empor,

An deinem Bette sie stehen lang
Und haben keinen Mut,
Auf deine Seele sie horchen bang,
Die siedet und nicht ruht.

Sie sind für dich gekommen, weh!
Du atmest allzu schwer,
Rückgehen sie beklommen, weh!
Hin, wo sie kamen her,
Hin, wo der Sommermorgen graut
Wie rosig Blühn von Heidekraut.

Leben, Traum und Tod

Leben, Traum und Tod ...
Wie die Fackel loht!
Wie die Erzquadrigen
Über Brücken fliegen,
Wie es drunten saust,
An die Bäume braust,
Die an steilen Ufern hängen,
Schwarze Riesenwipfel aufwärts drängen ...

Leben, Traum und Tod ...
Leise treibt das Boot ...
Grüne Uferbänke
Feucht im Abendrot,
Stiller Pferde Tränke,
Herrenloser Pferde ...
Leise treibt das Boot ...

Treibt am Park vorbei,
Rote Blumen, Mai ...
In der Laube wer?
Sag, wer schläft im Gras?
Gelb Haar, Lippen rot?
Leben, Traum und Tod.

Ich ging hernieder

Ich ging hernieder weite Bergesstiegen
Und fühlt im wundervollen Netz mich liegen,
In Gottes Netz, im Lebenstraum gefangen.
Die Winde liefen und die Vögel sangen.

Wie trug, wie trug das Tal den Wasserspiegel!
Wie rauschend stand der Wald, wie schwoll der Hügel!
Hoch flog ein Falk, still leuchtete der Raum:
Im Leben lag mein Herz, in Tod und Traum.

Kleine Erinnerungen

Deine kleine Schwester
Hat ihre offenen Haare
Wie einen lebendigen Schleier,
Wie eine duftende Hecke
Vornüberfallen lassen
Und schaut, mit solchen Augen!
Durch einen duftenden Schleier,
Durch eine dunkle Hecke ...
Wie süß ists, nur zu denken
An diese kleinen Dinge.

An allen sehnsüchtigen Zweigen
In deinem nächtigen Garten
Sind Früchte aufgegangen,
Lampions wie rote Früchte,
Und wiegen sich und leuchten
An den sehnsüchtigen Zweigen,
Darin der Nachtwind raschelt,
In deinem kleinen Garten ...

Wie süß ists, nur zu denken
An diese kleinen Dinge ...

Brief

An Richard Dehmel

Dichter, nicht vergessen hab ich deiner,
Während du die schönen Wege gingest,
Goldene Lebensfrüchte
Aus dunklem Laub zu pflücken
Und schauernde Gedanken
Aus Nymphenhänden.
Oft gedacht ich deiner,
Aber ein Mal vor allen:
Da war mystischer Vollmond
Mir über der Stirn,
Ein leuchtendes Ding, ein Land
Hoch im leeren Raum.
Ich schaut ihn an
Und wuchs empor
Und kam ihm näher
Und meint', er käm zu mir,
– Wie einer über des gleitenden Schiffes Bord gebeugt
Auf leerem blauem schweigendem Meer
Einer Insel entgegenstarrt
Und meint, sie schwebt ihm entgegen,
Die leuchtende, mit Blumenfüßen –:
So wuchs ich auf,
Dem Mond entgegen riesengroß,
Vergessend meiner Füße
Und der dunklen Erde unter mir.

Ein solcher muß ich da geworden sein
Wie der Genius der Zeit,
Der Gebieter der Dinge,
Steinäugig, gewappnet,
Kolossalisch hinschreitend
Über die Reiche ...
Wenn seine Sohlen im Flußbett wandeln,
Reichen der Pinien von Kreideklippen

Des steilen Ufers emporgereckte
Schwarze Wipfel nicht auf,
Lange nicht,
An die mattsilberne Fratze der Gorgo,
Die ihm die Stirne des Knies umbindet,
Nur unten die Schienen der schreitenden Beine
Spiegeln beim Blitzschein
Der schwarzen Pinien sturmschaukelnde Wipfel.
So schreit ich manchmal,
Kanäle, Gärten, Einöde, Hügel
Zwischen den Schritten,
Hin über die Welt,
Darin nichts Fremdes ist
In solchen Stunden ...:
All Gegenwart,
All Sinn, all wie im Traum.

Da saßest auch du
Irgendwo
In meiner Welt
Über Bogen und korinthischem Gebälk
Einer römischen Ruine
In einem Vogelnest,
Einem Nest aus wilden Rosen und Schlingkraut,
Um dich die leere Luft,
Allein, ein Hirtengott, ein Pan,
Und leuchtend unter dir die Lebensflur.

Und jetzt bist du daheim, nicht mehr ein Gott,
»Im Schattenland, ein Schattenmann,
Der grauen Heimat öde Schollen tretend –«

Was ist das für ein Wort?
Wer redet solch ein Wort
Und ist ein Dichter?
Das Wort der Klage ist ein leeres Wort!
Hast du nicht deiner Sinne dumpfe Flur,
Darüber hin des Lebens Göttin dich,

Die wilde, jagt
Mit großen schwarzen Hunden,
Leben, Traum und Tod,
Drei großen schwarzen Hunden?
Hast du nicht Gabe,
Die Wesen zu schauen,
Nicht kalt von außen,
Nein, aus dem Innern
Der Wesen zu schauen
Durch dumpfe Larven
Ins Weltgetriebe,
So wie der trunkene Faun aus der Maske,
Der grellbemalten Kürbismaske,
Unheimlich schaut durch Augenlöcher.

Dies ist die Lehre des Lebens

Dies ist die Lehre des Lebens, die erste und letzte und tiefste,
Daß es uns löset vom Bann, den die Begriffe geknüpft.

Trennt ihr vom Inhalt die Form

Trennt ihr vom Inhalt die Form, so seid ihr nicht schaffende Künstler.
Form ist vom Inhalt der Sinn, Inhalt das Wesen der Form.

Ich lösch das Licht

Ich lösch das Licht
Mit purpurner Hand,
Streif ab die Welt
Wie ein buntes Gewand

Und tauch ins Dunkel
Nackt und allein:
Das tiefe Reich
Wird mein, ich sein.

Groß' Wunder huschen
Durch Dickicht hin,
Quelladern springen
Im tiefsten Sinn,

O spräng noch manche,
Ich käm in' Kern,
Ins Herz der Welt
Allem nah, allem fern.

Besitz

Großer Garten liegt erschlossen,
Weite schweigende Terrassen:
Müßt mich alle Teile kennen,
Jeden Teil genießen lassen!

Schauen auf vom Blumenboden,
Auf zum Himmel durch Gezweige,
Längs dem Bach ins Fremde schreiten,
Niederwandeln sanfte Neige:

Dann, erst dann komm ich zum Weiher,
Der in stiller Mitte spiegelt,
Mir des Gartens ganze Freude
Träumerisch vereint entriegelt.

Aber solchen Vollbesitzes
Tiefe Blicke sind so selten!
Zwischen Finden und Verlieren
Müssen sie als göttlich gelten.

All in einem, Kern und Schale,
Dieses Glück gehört dem Traum ...
Tief begreifen und besitzen!
Hat dies wo im Leben Raum? ...

Nach einer Dante-Lektüre

Aus schwarzgewordnem Bronze-Gruftendeckel
Sind die berühmten schweren alten Verse,
Kalt anzufühlen, unzerstörbar, tragend
Den Toten-Prunk, schwarzgrüne Wappenschilde
Und eine Inschrift, ehern auf dem Erz,
Die denken macht, doch keinen Schauer gibt.
Du liest und endlich kommst du an ein Wort,
Das ist, wie deine Seele oft geahnt
Und nie gewußt zu nennen, was sie meinte.
Von da hebt Zauber an. An jedem Sarg
Schlägt da von innen mit lebendgen Knöcheln
Das Leben, Schultern stemmen sich von unten,
Der Deckel dröhnt, wo zwischen Erz und Erz
Die schmalste Spalte, schieben Menschenfinger
Sich durch und aus den Spalten strömt ein Licht,
Ein Licht, ein wundervolles warmes Licht,
Das lang geruht im kühlen dunklen Grund
Und Schweigen in sich sog und tiefen Duft
Von nächtigen Früchten – dieses Licht strömt auf,
Und auf die Deckel ihrer Grüfte steigen,
Den nackten Fuß in goldenen Sandalen,
Die tausende Lebendigen und schauen
Auf dich und auf das Spiel gespenstiger Reihen
Und reden mehr als du begreifen kannst.

An Josephine von Wertheimstein

Sollen wir mit leeren Händen kommen
Wie der leere fremde Abendwind,
So mit leerer Hand zu denen kommen,
Die uns mehr als alle andern sind?

Doch an gütigsten Dämonen gehen
Ohne Gabe wir vorüber stumm:
Gießt der Baum den süßen Schatten nieder,
Keiner hängt ihm goldne Ketten um,

Keiner wirft zur Gabe Schmuck und Blumen
In den Bach, den plätschernden, zu Dank,
Der ihm doch lebendig, gottgeboren,
Hell vorbeiströmt an der Gartenbank.

Was mit Gottes Anmut zu uns redet
Wie der Bach, der Baum, und so wie du:
Solchen nahn wir nicht mit äußern Gaben,
Rechnens ja dem eignen Innern zu.

Bild spricht

Daß ihrs nur wisset dergestalt
Ich hier an diese Wand gemalt.
Mit mir treibt besser keinen Spott.
Bin unser Herr der liebe Gott.
Ich sehe mir die Menschen an
So gut ichs unverrathen kann.
Wie sie verworren stehn und gehen
Sich selber und Leben nicht verstehen
Und bei ihren Geschichten und Sachen
Kommt mir manchmal ein heimliches Lachen.
Wie sie ihr Herz an Puppen hängen
Und in fertige Kasteln das Leben zwängen.
Oft sind's auf ihre Gedanken stolz
Als wärens aus Schildkrot und Ebenholz
Sind oft von Trugbildern so besessen
Dass sie aufs Wirkliche vergessen.
Sie lernen nimmer sich bescheiden
Und wollen immer von Lust und Leiden
Die allertiefsten Wurzeln fassen
Die sich halt nicht betasten lassen
Und mit solchem Graben und Wühlen
Springt Glanz und Schmelz von den Gefühlen.
Und das Leben ist doch so eingerichtet
Dass es mit einem spielt und dichtet.
Man muss sich nur recht führen lassen
'S führt einen die wunderlichsten Straßen.
Auf eines werden zu ihrem Frommen
Sie doch mit Grübeln nimmer kommen.
Zwar sie zerfaserten's auch recht gern
Doch ist es der tiefste verschlossenste Kern.
Ich meine den Grund von allen den Sachen
Die selig und die elend machen.
Warum kann man aus Menschenaugen
Die grenzenlose Seele saugen?
Warum liegt Weinen im wandernden Wind?
Warum giebts Gärten die traurig sind?

Und lächelnde Lippen ein rundes Kinn –
Was haben die für einen Sinn?
Warum ist irgend ein Geigenklang
Unsäglich lockend süss und bang?
Warum sind Kinder schön? Warum?
Das Leben ist halt einmal stumm.
'S ist ihnen wenig nur bekannt
Mit welchem verworrenen Gedränge
Welch unirdisch dumpfer Menge
Sie eines sind und nah verwandt.

Das Mädchen und der Tod

Dies flüssig grüne Gold heißt Gift und tötet.
Wie gut es riecht: wie wenn der wilde Wind
In den Akazienbäumen irr sich fängt,
Dann geht man still im Mond auf weichen Blüten ...
Vielleicht ist Totsein solch ein lautlos Wandern
Durch fremde leere Länder ohne Schlaf,
Auf stillen Brücken über grüne Wasser
Durch lange schwarze, schweigende Alleen,
Durch Gärten, die verwildern ...
Und endlich komm ich an das Haus des Todes:
Im großen Saale ist ein großer Tisch
Aus grünem Malachit; den tragen Greifen.
Da sitzt der Tod zu Tisch und läd mich ein
Und Pagen viel mit feinen schmalen Händen
Und Schuh'n aus schwarzem Samt, die lautlos gleiten.
Die tragen wunderbare Schüsseln auf:
Ja, ganze Pfauen, Fische silberschuppig
Mit Purpurflossen, in den feinen Zähnchen
(Die sind vergoldet) stecken Lorbeerreiser
Und Trauben mit goldrotem Rost und offen
Granatäpfel, die auf weichen Kissen
Von frischen Veilchen leuchten, und der Tod
Hat einen Mantel an aus weißem Samt
Und setzt mich neben sich
Und ist sehr höflich ...

Terzinen IV

Zuweilen kommen niegeliebte Frauen
Im Traum als kleine Mädchen uns entgegen
Und sind unsäglich rührend anzuschauen,

Als wären sie mit uns auf fernen Wegen
Einmal an einem Abend lang gegangen,
Indes die Wipfel atmend sich bewegen

Und Duft herunterfällt und Nacht und Bangen,
Und längs des Weges, unsres Wegs, des dunkeln,
Im Abendschein die stummen Weiher prangen

Und, Spiegel unsrer Sehnsucht, traumhaft funkeln,
Und allen leisen Worten, allem Schweben
Der Abendluft und erstem Sternefunkeln

Die Seelen schwesterlich und tief erbeben
Und traurig sind und voll Triumphgepränge
Vor tiefer Ahnung, die das große Leben

Begreift und seine Herrlichkeit und Strenge.

Gute Stunde

Leise tratest an mein Bette,
Lieblich rätselhafte Stunde,
Mit so fremd vertrauten Augen,
Mit so süßem herbem Munde.

Unter deinem Blick erwacht ich
Und war erst als wie im Traum,
So verwandelt stand mein Zimmer,
Der vertraute kleine Raum:

Zwar von außen ganz wie immer,
Doch ein wundervolles Leben
Spürt ich mit erregten Sinnen
Unter jeder Hülle beben:

Als du Wasser mir ins Becken
Gossest, meint ich, in der Welle
Aus dem Krug in deinen Händen
Spräng lebendig eine Quelle.

Meines Bettes Füße sagten:
»Wir sind aus dem Leib geschnitten
Einer Esche, aus des schlanken
Rauschend jungen Leibes Mitten,

Aus dem Stamm, daraus der Flöten
Selig singend Holz sie schneiden,
Diesen kleinen Leib, durchbebt von
Namenlosen süßen Leiden ...«

Meine Feder sagte: »Schreibe!
Aus dem zauberhaften Grund
Glühts und zuckts, und reden will ich
Große Dinge mit kindischem Mund!«

Vor den Fenstern übern Himmel
Flogen Morgenwolken hin
Und verwirrten erst unsäglich
Meinen still berauschten Sinn.

Fremdes Fühlen

Ich ging spät abends neben dem Damm,
Nicht träumerisch, nicht wirklich froh,
Halb künftiger Schmerzen süßdumpf bewußt,
Halb sehnend um eine Zeit, die floh,

Wie einer, der eine Laute trägt,
Die ihm beim Gehn um die Schulter schlägt
Und drin so sehnsüchtig der Wind sich fängt,
Daß es ihm wie Erinnrung das Herz bedrängt.

Wir gingen den Weg spät abends zuzweit,
Der andere ging ihn schon vielemal,
Er kannt ihn so gut, fast bei jedem Baum
Befiel ihn Erinnern mit süßer Qual.

Zwischen Hecken tauchten Paare auf,
Verliebte, müde, dann und wann,
Mit welkem Flieder geschmückt, und schauten
Uns durch die Dämmerung seltsam an,

Wie Menschen schauen, die ihre Welt
So trunken und traumhaft umfangen hält,
Sie schauen auf einen, als träten sie ein
Aus Dämmerung in einen grellen Schein.

Der neben mir kannte das alles so gut,
Sehnsüchtge Erinnerung erregte sein Blut,
Er bebte, wie eine Laute bebt,
Wenn durch ihre Leere der Nachtwind schwebt.

Drum hab ich gesagt: ich war nicht froh,
Nicht traurig, nur ahnend ergriffen, so
Wie einer, der eine Laute trägt,
Die leise stöhnend das Herz ihm bewegt.

Mit Handschuhen für Leopold Andrian

Eines Dichters Handschuhe reden und sagen:

Wir sind das Kleid für eine kleine Hand:
Aus dieser fällt dereinst auf Andrian
Mehr Gloria und goldnes Lorbeerlaub,
Als je die starken Hände heimgebracht
Der Vorgeborenen, die nun im Grab
Mit nackten weißen Knochen kreuzweis ruhn,
Und hätten sie gleich David auch geschleppt
Des Ruhmes abgeschlagnes Riesenhaupt,
Um ihre Finger wickelnd sein Gelock!

Der Dichter antwortet:

Wie schlaffe Segel achte ich den Ruhm,
Wie Küsse, drin so wenig Liebe wohnt
Als süßer Traubensaft im Kern der Nuß,
Wie Schlaf und anderes, das kommt und geht:
Die alle sagen nichts: viel aber sagt
Der Abend, wenn die schwarzen Bäume beben,
Und viel das wechselnde Gesicht der Nacht,
Die kleinen gelben Häuser in der Stadt
Und jedes Wesen, das sein Leben lebt ...

Die Handschuhe erwidern:

Groß wie die Nacht, wenn du es recht bedenkst,
Ein solches Ding ist auch der Ruhm und rauscht
Mit hohen Segeln wie ein großes Schiff.

Wo ich nahe, wo ich lande

Wo ich nahe, wo ich lande,
Da im Schatten, dort im Sande
Werden sie sich zu mir setzen,
Und ich werde sie ergetzen,
Binden mit dem Schattenbande!

An den Dingen, die sie kennen,
Lehr ich sie Geheimes nennen,
Auf und Nieder ihrer Glieder
Und den Lauf der Sterne wieder,
Kaum vermögen sies zu trennen!

Denn ich spreche: »Große Macht
Lenkt den Tag, versenkt die Nacht,
Doch in Euch versenkt sind gleiche
Sehr geheimnisvolle Reiche,
Ruhig wie in einen Schacht.«

Daß sie mit verhaltnem Grauen
An sich selber niederschauen,
Von Geheimnis ganz durchwoben
Fühlen sich emporgehoben
Und den Himmel dunkler blauen!

[An Richard Beer-Hofmann]

Als unser Hund im Comer See ertrank
Und wir zusahen und nicht helfen konnten
Da sahst Du lange nach auf der besonnten
Und dunklen Flut der kleinen weißen Leiche
Die, treibend, ganz zerging in goldner Bleiche,
Dann sagtest Du: »Es war am Ende gut
Daß er jetzt fort ist und für uns der gleiche
In der Erinn'rung dieser Tage ruht:
Denn kläglich häßlich ist ein altes Tier
Und grauenvoll in mancher Abendstunde
Dann später uns, den jungen, Dir und mir:
Denn er wär alt und wir noch jung gewesen
Und wie aus eines offnen Grabes Munde
So hätte Gott geschrien aus diesem Wesen« ...
Mir aber kam ganz anders in den Sinn
Dieselbe Sache, daß der Hund ertrank:
Ich sah die wunderschöne Uferbank
Wohin ihn spült das gleitende Gerinn,
Und in den Zweigen süßen zarten Wind
Und dort zwei Menschen wie wir beide sind:
Und ihre Schönheit drang in mich hinein
Und dann: die Einigkeit von alledem im Sein.

Brief an Richard Dehmel

Ich reite viele Stunden jeden Tag,
Durch tiefen toten Sand, durch hohes Gras,
Durch gutes helles Wasser und durch schwarzes
Im Wald, das quillt und gurgelt unterm Huf.
Zuweilen reit ich auf die Sonne zu,
Die Kupferscheibe in den schwarzen Büschen,
Zuweilen gegen feuchten Wind, manchmal
Auf einem heißen steilen Weg, manchmal
Auf einem Damm in heller stiller Luft,
Daß ich die krummen Äste zählen kann
Der Apfelbäume auf der fernen Straße
Und einen Tümpel leuchten seh, weit weit!
Und meinen Fuchs und meine rote Kappe
Und weiße Handschuh sieht man auch weit weit
Und meine dunklen Hüften, Arm' und Schultern
Am gelben Damm bei dieser hellen Luft
Wie fliegend Glas, das überm Feuer flirrt.

Zuweilen reiten viele neben mir
Und viele vor mir, alles ist voll Lärm,
Die grünen Mulden dröhnen, und die Luft
Ist voller Klirren, und ich seh vor mir
(Mit feuchten Augen von dem starken Wind)
Die vordersten hinjagen auf dem Hang:
Ein Knäuel Braun' und Rappen, zwei, drei Schimmel,
Nur weiße Flecken, und in dem Gedränge
Der dunklen Reiter blinken gold die Helme
Und so die Klingen, wie ein Netz von Adern
Lebendgen Wassers blinkt im stärksten Mond
(Darüber, weißt du? schwebt es milchig weiß
Und viele Unken schreien, wundervoll).
Zuweilen aber reit ich ganz allein,
So still! ich höre, wie die Mücke schwirrt,
Wenn sie dem Fuchs vom Hals zur Schulter fliegt;
Lang schau ich einer Nebelkrähe nach
Und folg der schwarzen auf dem grauen Weg

Durch dürre Wipfel hin und her, und seh
Fasanenhähnchen auf einander losgehn
Im niedern Gras, wo viele Anemonen,
Schneeweiße, stehn; sitz ab und laß den Fuchs
Mit nachgelaßnen Gurten ruhig grasen
Und riech dann noch, wenn ich zu Haus den Handschuh
Abstreif, gemengt mit dem Geruch vom Pferd
Den Duft von wildem kühlem Thymian ...
Und fühl in alledem so nichts vom Leben!

Wie kann das nur geschehn, daß man so lebt
Und alles ist, als obs nicht wirklich wäre?
Nichts wirklich als das öde Zeitverrinnen
Und alles andere wie nichts: das Wasser,
Der Wind, das schnelle Reiten in dem Wind,
Das Atmen und das Liegen in der Nacht,
Das Dunkelwerden, und die Sonne selbst,
Das große Untergehn der großen Sonne
Wie nichts, die Worte nichts, das Denken nichts!
Kann denn das sein, daß nur soweit ich seh
Das Leben aus der Welt gesogen ist,
Aus allen Bäumen, Bergen, Hunden, aus
Unzähligen Geschöpfen, so wie Wasser
Aus einem heimlich aufgeschnittnen Schlauch?

Gleichviel, es ist. Und nun schickst du mir her
Bin Buch, so rot wie die Mohnblumen sind,
Die vielen in den vielen grünen Feldern –
Ihr Rot ist mir so nichts, und das Erschauern
Der grünen Felder unterm Abendwind
Ist mir so nichts – was ist darin vom Leben! –
Und in dem Buch da ists, da ists, es ist.
Es macht mich schauern, springt von einem Wesen
Zum andern, ist in allem, reißt das eine
Zum andern, sucht sich, sehnt sich nach sich selber,
Berauscht sich an sich selber, »flicht, o Gott!
In eins die bang beseligten Gestalten«,
Und ist in einem Pfauen so enthüllt!

So grauenhaft in Träumen und Narzissen,
So grauenhaft und süß enthüllt! in Puppen!
Wie kann das wieder sein? Gleichviel. Es ist.

Wo kleine Felsen ...

Wo kleine Felsen, kleine Fichten
Gegen freien Himmel stehen,
Könnt ihr kommen, könnt ihr sehen,
Wie wir, trunken von Gedichten,
Kindlich schmale Pfade wandern.
Sind nicht wir vor allen andern
Doch die unberührten Kinder?
Sind es nicht die Knaben minder
Und die Mädchen, jene andern?
Sind sie wahr in ihren Spielen,
Jene andern, jene vielen?

An eine Frau

Die wahre Ernte aller Dinge bleibt
Und blüht in hoher Luft wie lichte Zinken,
Das andere war nur da um wegzusinken.

Und irgendwie geheimnisvoll erträgt
Es unser Geist nur immer auszuruhen
Auf Gleitendem, wie die Meervögel tuen.

Wie führte uns verworrenes Gespräch
Verstellter Augen über öde Klippen!
Und unsere allzusehr beredten Lippen

Begierig, vielen Göttern Dienst zu tun!
Zu viele Schatten schwebten da verschlungen,
Und so sind wir einander zugedrungen

Wie dem Ertrinkenden das schöne Bild
Der weißen Bucht, das er nicht mehr gelassen
Erträgt, vielmehr schon anfängt es zu hassen.

Dies alles war nur da, um wegzusinken.
Es wohnen noch ganz andere Gewalten
In unserer Tänze namenlosen Falten.

Die Lider unserer Augen sind nicht gleich
Dem Fleisch der Früchte, und die jungen Mienen
Nicht einerlei mit Lämmern und Delphinen!

Und nur die Ernte aller Dinge bleibt:
So fand ich dich im Garten ohne Klippen,
Und großes Leben hing um deine Lippen,

Weil du an deiner Freundin losem Haar
Zu reden wußtest königlich wie eine,
Die wissen lernte, was das Leben meine.

Und hinter dir die Ebne niederziehn
Sah ich wie stille Gold- und Silberbäche
Die Wege deiner Niedrigkeit und Schwäche.

Inschrift

Entzieh dich nicht dem einzigen Geschäfte!
Vor dem dich schaudert, dieses ist das deine:
Nicht anders sagt das Leben, was es meine,
Und schnell verwirft das Chaos deine Kräfte.

Unendliche Zeit

Wirklich, bist du zu schwach, dich der seligen Zeit zu erinnern?
Über dem dunkelnden Tal zogen die Sterne herauf,
Wir aber standen im Schatten und bebten. Die riesige Ulme
Schüttelte sich wie im Traum, warf einen Schauer herab
Lärmender Tropfen ins Gras: Es war keine Stunde vergangen
Seit jenem Regen! Und mir schien es unendliche Zeit.
Denn dem Erlebenden dehnt sich das Leben: es tuen sich lautlos
Klüfte unendlichen Traums zwischen zwei Blicken ihm auf:
In mich hätt ich gesogen dein zwanzigjähriges Dasein
– War mir, indessen der Baum noch seine Tropfen behielt.

Abend im Frühling

Er ging. Die Häuser waren alle groß.
Am lichten Himmel standen schon die Sterne.
Die Erde war den Winter wieder los.
Er fühlte seine Stimme in der Kehle
Und hatte seine Hände wieder gerne.

Er war sehr müde, aber wie ein Kind.
Er ging die Straße zwischen vielen Pferden.
Er hätte ihre Stirnen gern berührt
Und rief ihr frühres Leben sich zurück
Mit unbewußten streichelnden Gebärden.

Gedichte

1.

Ich will den Schatten einziger Geschicke
Groß an den Boden der Gedichte legen,
Der jungen Helden ungeheure Blicke
Und andre Götter, die den Sinn bewegen.

Erst aber laßt uns von den Früchten essen:
Sie kommen aus den Bergen, aus dem Meer,
Aus schlummerlosen Königsgräbern her,
Wir wollen ihren Ursprung nicht vergessen

Und nicht, daß sie von Blut Geschwister sind
Mit uns und all den anderen Geschöpfen
Des großen Grabes, die den Abendwind
Mit Flügeln drücken oder schweren Köpfen.

Und wenn wir später in die Hände schlagen,
Wie Könige und Kinder tun,
So werden Sklaven der Musik geruhn,
Ein übermenschlich Schicksal herzutragen.

2.

Ich will den Schatten einziger Geschicke
Groß an den Boden der Gedichte legen,
Der jungen Helden ungeheure Blicke
Und andre Götter, die den Sinn bewegen:

Dann sollst du über ihren Rand dich neigen
Und völlig hingegeben jenen Werken
Spät nur dein gleitend Bild darin bemerken
Mit einem wundervoll erschrocknen Schweigen.

Dichter sprechen

Nicht zu der Sonne frühen Reise,
Nicht wenn die Abendwolken landen,
Euch Kindern, weder laut noch leise,
Ja, kaum uns selber seis gestanden,
Auf welch geheimnisvolle Weise
Dem Leben wir den Traum entwanden
Und ihn mit Weingewinden leise
An unsres Gartens Brunnen banden.

Wir gingen einen Weg ...

Wir gingen einen Weg mit vielen Brücken,
Und vor uns gingen drei, die ruhig sangen.
Ich sage dies, damit du dich entsinnst.
Da sagtest du und zeigtest nach dem Berg,
Der Schatten trug von Wolken und den Schatten
Der steilen Wände mit unsicheren Pfaden,
Du sagtest: »Wären dort wir zwei allein!«
Und deine Worte hatten einen Ton
So fremd wie Duft von Sandelholz und Myrrhen.
– Auch deine Augen waren nicht wie sonst. –
Und mir geschah, daß eine trunkene Luft
Mich faßte, so wie wenn die Erde bebt
Und umgestürztes prunkvolles Gerät
Rings rollt und Wasser aus dem Boden quillt
Und einer taumelnd steht und doppelt sieht:
Denn ich war da und war zugleich auch dort,
Mit dir im Arm, und alle Lust davon
War irgendwie vermengt mit aller Lust,
Die dieser große Berg mit vielen Klüften
Hingibt, wenn einer ruhig wie der Adler
Mit ausgespannten Flügeln ihn umflöge.
Ich war mit dir im Arm auf jenem Berg,
Ich hatte alles Wissen seiner Höhe,
Der Einsamkeit, des nie betretnen Pfades
Und dich im Arm und alle Lust davon ...
Und als ich heut im Lusthaus beim Erwachen
An einer kühlen Wand das Bild der Götter
Und ihrer wunderbaren Freuden sah:
Wie sie mit leichtem Fuße, kaum mehr lastend,
Vom dünnen Dache weinumrankter Lauben
Ins Blaue tretend aufzuschweben schienen,
Wie Flammen ohne Schwere, mit dem Laut
Von Liedern und dem Klang der hellen Leier
Emporgeweht: da wurde es mir so,
Als dürft ich jenen letzten, die noch nah
Der Erde schienen, freundlich ihr Gewand

Anrühren, wie ein Gastfreund tuen darf
Von gleichem Rang und ähnlichem Geschick:
Denn ich gedachte jenes Abenteuers.

Der Beherrschte

Auf einem hohen Berge ging ich, als
Mir Kunde ward, sie hätten dich gefunden
Und mir zur Beute dich mit Laubgewind
Am Turm in meinem Garten festgebunden.

Ich nahm den Heimweg mit gehaltnem Schritt,
Wie eine Flamme mir zur Seite flog
Das Spiegelbild von deinem offnen Haar
Und deinem Mund, der sich im Zürnen bog.

Wie eine Flamme. Aber ich war stolz,
Und ruhig schreitend spähte ich im Weiher
Das Spiel des Fisches, der das Dunkel sucht,
Und überm Wald den Horst von einem Geier.

Eine Vorlesung

Schwere Sonne lag im Anfang auf den Scheiben
Mit dem schweren Glanz – es standen große Blumen
Auf den Tischen rings: Schwertlilien, volle Rosen,
Haselzweige dumpf wie braune Erze funkelnd – vergeblich
Rang die Stimme schwach wie eine matte Flamme
Von Unsicherm umschwebt: von Schatten, halben Gestalten.
Aber mählich mit der Dämmerung wurden jene
Geträumten Schatten stark: und sie zerdrangen siegreich
Die schöne Luft und da – wie große kluge Vögel
saßen sie schon unter uns und banden uns mit den Augen.

Südliche Mondnacht

Werden zu doppelter Lust nun doppelte Tage geboren?
Ehe der eine versank, steigt schon der neue herauf!
Herrlich in Salben und Glanz, gedächtnislos wie ein Halbgott,
Deckt er mir Gärten und See zu mit erstarrendem Prunk.
Und der vertrauliche Baum wird fremd, fremd funkelt der Springbrunn,
Fremde und dunkle Gewalt drängt sich von außen in mich.
Sind dies die Büsche, darin die bunten Gedanken genistet?
Kaum mehr erkenn ich die Bank! Die ists? Die lauernde hier?
Aber sie ists, denn im Netz der fleißigen, winzigen Spinne
Hängt noch der schimmernde Punkt! Komm ich mir selber zurück?
Als dein Brief heut kam – ich riß mit zu hastigen Fingern
Ungeduldig ihn auf –, flogen die Teilchen hinweg
Von dem zerrissenen Rand: sie sprühten wie Tropfen dem Trinker,
Wenn er zum Springbrunn sich drängt, um den verdürsteten Mund!
Ja, jetzt drängt sichs heran und kommt übers Wasser geschwommen,
Hebt sich mit lieblichem Arm rings aus dem Dunkel zu mir:
Wie ein Entzauberter atme ich nun, und erst recht nun verzaubert,
Und in der starrenden Nacht halt ich den Schlüssel des Glücks!

Vom Schiff aus

Ihr Morgen, da an meines Bettes Rand
Das Licht aus hellen Muschelwolken flog
Und leuchtend, den ich später niemals fand,
Der Felsenpfad schön in die Weite bog,

Ihr Mittagsstunden! großer dunkler Baum,
Wo seichtes Wachen und ein seichter Schlaf
Mich von mir selber stahl, daß an mein Ohr
Nie der versteckten Götter Anhauch traf!

Ihr Abende, wo ich geneigt vom Strand
Gespräche suchte, und sich Schultern nicht
Aus Feuchtem triefend hoben, und mein Hauch
Verklang im Streit der Schatten mit dem Licht:

Der geht jetzt fort, der aus des Lebens Hand
Hier keinen Schmerz empfangen und kein Glück:
Und läßt auch hier, weil er nicht anders kann,
Von seiner Seele einen Teil zurück.

Dichter und Gegenwart

»Wir sind dein Flügel, o Zeit, und halten dich über dem Chaos.
Aber, verworrene Zeit, tragende Kralle wir auch?«
»Tröstet euch, dies ist von je. Und schaudert euch, daß ihr erwählt seid –:
Schaudernde waren mir stets Flügel und Kralle wie ihr.«

Die Dichter und die Zeit

Wir sind dein Flügel, o Zeit, doch wir nicht die tragende Klaue!
Oder verlangst du so viel: Flügel und Klaue zugleich?

Dichter und Stoff

Aus der verschütteten Gruft nur wollt ich ins Freie mich wühlen:
Aber da brach ich dem Licht Bahn und die Höhle erglüht.

Dichtkunst

Fürchterlich ist diese Kunst! Ich spinn aus dem Leib mir den Faden,
Und dieser Faden zugleich ist auch mein Weg durch die Luft.

Eigene Sprache

Wuchs dir die Sprache im Mund, so wuchs in die Hand dir die Kette:
Zieh nun das Weltall zu dir! Ziehe! Sonst wirst du geschleift.

Spiegel der Welt

»Einmal schon kroch ich den Weg«, im Mund eines schlafenden Königs
Sprachs der gesprenkelte Wurm. – »Wann?« – »In des Dichters Gehirn.«

Erkenntnis

Wüßt ich genau, wie dies Blatt aus seinem Zweige herauskam,
Schwieg ich auf ewige Zeit still: denn ich wüßte genug.

Namen

Visp heißt ein schäumender Bach. Ein anderer Name ist Goethe.
Dort kommt der Name vom Ding, hier schuf der Träger den Klang.

Worte

Manche Worte gibts, die treffen wie Keulen. Doch manche
Schluckst du wie Angeln und schwimmst weiter und weißt es noch nicht.

Kunst des Erzählens

Schildern willst du den Mord? So zeig mir den Hund auf dem Hofe:
Zeig mir im Aug von dem Hund gleichfalls den Schatten der Tat.

Grösse

Nennt ihr die Alpen so groß? Leicht könnt ich viel größer sie denken:
Aber den Markusplatz nicht, niemals den Dom von Florenz.

Bedingung

Bist du die Höhle, darin die Ungebornen sich drängen,
Wird schon der Fleck an der Wand Nymphe und Reiter und Pferd!

Das Wort

Ich weiß ein Wort
Und hör es fort:
Beschertes Glück
Nimm nie zurück!

Hör was ich sag:
Denk jeden Tag:
Beschertes Glück
Nimm nie zurück!

Und ist die Zeit
Dir einmal weit:
Beschertes Glück
Nimm nie zurück!

Kindergebet

Lieber Gott und Engelein,
Laßt mich gut und fromm sein
Und laßt mir mein Hemdlein
Recht bald werden viel zu klein.

Laßt mich immer weiter gehn,
Viele gute Menschen sehn,
Wie sie aus den Augen sehn,
Laßt sogleich mich sie verstehn.

Und mit ihnen fort und fort
Freuen mich an gutem Ort,
Und zur Zeit der Einsamkeit
Gib, daß Sternenglanz mich freut.

[Zu Heinrich Heines Gedächtnis]

Zerrissnen Tones, überlauter Rede
Verfänglich Blendwerk muß vergessen sein:
Allein den bunten schmerzverzognen Lippen
Entrollte, unverweslicher als Perlen
Und leuchtender, zuweilen ein Gebild:
Das traget am lebendigen Leib, und nie
Verliert es seinen innern feuchten Glanz.

Der nächtliche Weg

Ich ging den Weg einmal: da war ich sieben,
So arm und reich!
Mir war, ich hielt ein nacktes Schwert in Händen
Und selbst die Sterne bebten seinem Streich.

Mit siebzehn ging ich wiederum den Weg
Erst recht allein:
Ein Etwas huschte in den blassen Winden,
Von oben kam der fremden Welten Schein.

Nun führ ich dich, du spürst nur meine Hand:
Einst war ich sieben ...
Und das Vergangne glimmt, von Geisterhand
Mit blassem Schein ins Dunkel hingeschrieben!

Das Zeichen

Und wie wir uns ersehen,
Tief eins ins andre gehen,
Es bleibt doch nicht bestehen:
So wenig wie ein Kuß.

Es bleibt um Brust und Wangen
Nichts von so viel Verlangen,
Kein Zeichen bleibet hangen
Auch von so vielem Glück.

Und trügest du ein Zeichen,
Ein purpurrotes Zeichen,
Es müßte auch verbleichen,
Es ginge auch dahin!

Das kleine Stück Brot ...

Das kleine Stück Brot
Die Blume blaßrot
Und die Decke von Deinem Bette
Wenn ich die drei nur hätte.

Hätt ich das Brot nur immer noch
Davon Du lachend abgebissen
So spürt ich auch den leisen Druck
Von all den fortgeflogenen Küssen.

Wär nicht die Blume ganz verfallen
Hätt irgendwo *ein* Ding Bestand
Müßt immer wie ein kleiner Vogel
Dein Herz mir klopfen in der Hand.

Und wäre nur die Decke mein
Wie lieb und schläfrig, los vom Mieder
Muß in ihr hingebreitet sein
Die Ahnung Deiner kleinen Glieder.

So hab ich keines von den dreien
Und muß immer von neuem
Und kann doch nicht enden
Mit Lippen und Händen
Dich anzurühren
Um Dich zu spüren!

Wir sprechen eine Sprach

Wir sprechen eine Sprach und verstehen einand
Denn Mund reimt sich auf Mund und Hand reimt sich auf Hand
Lauberl, Lauberl, Lirilauberl
Lauberl, Lauberl, Litumda.

Der Kuckuck ist nah und der Kuckuck ist weit
Wir reden recht dumm und wir küssen gescheit
Lauberl, Lauberl, Lirilauberl
Lauberl, Lauberl, Litumda.

Deine Mutter ist draußen und wir sind herin
Und käm sie herein, das hätt gar keinen Sinn
Lauberl, Lauberl, Lirilauberl
Lauberl, Lauberl, Litumda.

Da ich weiss ...

Da ich weiß, Du kommst mir wieder
Machen mich die Wolken froh,
Und am Georginenbeete
Abendstille freut mich so!

Fröhlich such ich mir den Schatten,
Bis die Sonne fast versinkt.
Nachts im kleinen dunkeln Tale
Freut mich jedes Licht, das blinkt ...

Ob ich einsam steig am Hügel,
Horch ich doch an Deiner Türe.
Steh ich hier in fremdem Garten,
Du doch bist es, die ich spüre.

Der Spaziergang

Ich trat aus meinem Haus und freute mich
an einer Säule, die in meinem Garten
zwischen den beiden ältesten der Bäume
beredten Schatten wirft auf einen Rasen.
Dem Schatten den sie wirft nickte ich zu
wie einem Knaben der im Grase läge,
und trat dann durch die hölzerne kleine Tür
heraus aus meinem Garten.

Aufschrift für eine Standuhr

Von Coleridge

Nun und vorbei! Die Stunden gleiten hin,
Vertan, verhaucht, in Sehnsucht hingehetzt:
Doch jede, scheidend, senkt in deinen Sinn –
Daß es dort wohne – ein unsterblich Jetzt.

Verwandlung

Nach S.T. Coleridge

Dichter

Auf einmal war ein liebliches Gebild,
Auf einmal wars an meines Bettes Rand,
Saß neben mir und stützte seine Hand
Auf meine Kissen und sah still mich an,
Daß süßer Schauer mir das Mark durchrann,
Und ich begriff: dies ist mein wahres Ich,
Das lautlos sich zu mir herüberschlich
Und nun mit tiefen Blicken mich ernährt.
Doch ach! ich hatte mich ja nicht geregt,
Und schon! so schnell! wie es sich von mir kehrt,
Wie es auf einmal fremde Züge trägt,
Versteinernd unter meinem müden Blick!
Und nun – sein Antlitz kam ihm nicht zurück –
Und dennoch: Fremde auf ein Fremdes starrend,
Fühlt ich im Innern einen Wahn beharrend,
Ein Wissen, das vom tiefsten Platz nicht wich,
Dies ist nicht Fremdes, sondern dies bin ich!

Freund

Soll von der Wirklichkeit dies Rätsel handeln?
Solls etwas geben oder nur betören?
In welchem Zeitraum, laß uns mindest hören,
Sich zutrug dies entsetzliche Verwandeln?

Dichter

Bann es in eines Augenblickes Räume,
So ists ein bröckelnd Nichts vom Land der Träume.
Nimm, Jahre haben dunkel dir gewirkt,
Du siehst, was jedes Leben in sich birgt.

[Für Karl Wolfskehl]

Zum »Maskenzug 1904«

Nie so stark war diese Stimme,
Nie so funkelnd dieser Schrei!
Da ich einsam hier des Zauber-
Berges dunklen Hang erklimme,
Stumm durch öde Buchten schwimme,
Stumm im Nebelfrost ergrimme,
Dröhnend zieht es mich herbei.

Nie so stark war dieses Rufen!
Tönt es vorwärts? tönts zurück?
Die Gedichte, die Gesichte,
Die wir schufen, die uns schufen,
Dunkle Tore, dunkle Stufen,
Dröhnen zauberhafter Hufen:
Hier; und nirgends Glut und Glück!

In ein Stammbuch

Das traurigste Empfundene
Ist nur lebendig schwer,
Und alles Weg-geschwundene,
Es *lächelt* nach uns her.

Für Alfred von Heymel

Was wir aufgehäuft hier innen,
Laß es leben von den Sinnen!
Wohnst du drin: es ist ein Zelt!
Blick hindurch: da liegt die Welt!

[Für Eberhard von Bodenhausen]

Hier siehst du Spiel auf Spiel
aus Einsamkeit geboren.
Nun hab ich draußen Viel,
und drinnen nichts verloren.

Kantate

Tüchtigen stellt das schnelle Glück
Hoch empor, wo er gebiete,
Vielen zum Nutzen, vielen zum Leid,
Und es hängen sich viele an ihn,
Neiden ihn viele,
Und ihn umschmeichelt was da gemein ist.

Er aber, droben,
Suchet sich selber, welchem er diene
Von den Geistern, welchem strengen,
Und dem wird er ähnlich
Und verdient sich den Glanz
Und Stab des Gebietens,
Den dereinst das schnelle Glück ihm zuwarf,
Und kämpft es aus,
Unablässig,
Tagaus, tagein,
Jahr um Jahr,
Und waltet des Amtes
Wesenhaft,
Und ihn grüßt,
Wo Männer seiner gedenken,
Ein schönes Wort:
Bewährung.

Österreichs Antwort

»Völker bunt im Feldgezelt,
Wird die Glut sie löten?
Östreich, Erdreich vieler Art,
Trotzest du den Nöten?«

Antwort gibt im Felde dort,
Faust, die festgeballte,
Antwort dir gibt nur *ein* Wort:
Jenes Gott erhalte!

Unsern Kindern eint uns dies,
Wie's uns eint den Vätern,
Einet heut die Kämpferschar
Hier mit uns, den Betern.

Berge sind ein schwacher Wall,
Haben Kluft und Spalte:
Brust an Brust und Volk bei Volk
Schallt es: Gott erhalte!

Helden sind wie Kinder schlicht,
Kinder werden Helden,
Worte nicht und kein Gedicht
Könnens je vermelden.

Ungeheueres umfaßt
Heut dies heilig Alte,
Und so dringts zum Himmel auf:
Unser Gott erhalte!